LES NÈGRES
DE LA
LOUISIANE

PARIS, RUE DES SAINTS PÈRES, 30

LILLE

L. LEFORT, ÉDITEUR.

LES NÈGRES
DE LA LOUISIANE

CHEZ LE MÊME ÉDITEUR

ET CHEZ LES PRINCIPAUX LIBRAIRES

☞ En envoyant le prix en un mandat de la poste ou en timbres poste, on recevra *franco* à domicile.

OUVRAGES DU MÊME AUTEUR :

Mémoires d'une orpheline. in-8°.	1	25
Récits historiques et dramatiques. in-8°.	1	25
Amicie. in-8°.	1	25
Nouveau Théâtre des j. personnes. in-12.	1	»
Les Deux Fleurs. in-12.	»	85
Cécile. in-12.	»	85
Les Orphelins de Montfleuri. in-12	»	85
Une Histoire contemporaine. in-12.	»	85
Amitié, ou Fortune, Intelligence et Force. in-12.	»	85
La Politique du cœur. in-12.	»	75
Ivain, le Fils du lépreux. in-12.	»	75
La Planche de salut. in-12.	»	75
Une Guerre de famille. in-8°.	1	50
Fabien. in-18.	»	60
L'Atelier, ou la Famille Lacombe. in-18.	»	60
Le Bon Voisin. in-12.	»	60
Devoirs d'une bonne réputation. in-18.	»	60
L'Honneur d'un père. in-8°.	1	»
Les Colons d'Algérie. in-18.	»	60
La Villa Sorgia, ou les Deux Influences. in-12.	»	60
Pierre Vallée. in-12	»	50
La Maîtresse du logis, drame. in-12.	»	50
Le Fils aîné. in-18.	»	30
Le Chemin de fer. in-18	»	30
La Fraternité. in-18.	»	30
Anselme, ou le Père malheureux. in-18.	»	30
Jadis et Aujourd'hui. in-18.	»	30
On récolte ce qu'on a semé, prov. in-18.	»	30

LES NÈGRES DE LA LOUISIANE

Je vis s'élancer au-dessus d'une touffe de hautes herbes la tête hideuse d'un serpent à sonnette.

LES

NÈGRES

DE LA

LOUISIANE

SCÈNES AMÉRICAINES

PAR MARIE ÉMERY

LIBRAIRIE DE L. LEFORT

IMPRIMEUR, ÉDITEUR

LILLE
rue Charles de Muyssart

PARIS
rue des Saints-Pères, 30

MDCCCLXIV

LES NÈGRES

DE LA LOUISIANE

Noémi de la Tour à Clémence Dambray.

La Nouvelle-Orléans, mars 1852.

Je n'ai pas oublié, ma chère Clémence, que j'avais promis de t'écrire en arrivant en Amérique; et cependant j'ai laissé s'écouler un long mois avant de remplir cette promesse. Tu n'auras pas songé, je l'espère, à accuser mon affection d'un retard dont je renonce à t'expliquer la cause. Le manque de temps dans ce pays de l'éternel *farniente* serait un non sens; et d'ailleurs cette espèce d'excuse banale m'a toujours paru indigne d'une véritable amitié. Je ne te dirai pas non plus que le découragement et une tristesse invincible m'ont fait plusieurs fois déjà tomber la plume des mains.

Ah! Clémence, pourquoi suis-je venue ici?

La Louisiane, ce pays tant aimé de mon pauvre père qu'il est mort de chagrin de l'avoir quitté, m'apparaissait de loin comme une espèce d'*Eldorado;* mon imagination lui prêtait mille charmes; enfant je traversais par la pensée les mers qui me séparaient de cette terre privilégiée que les récits paternels me peignaient sous de si brillantes couleurs.

Je n'ai jamais pu comprendre, amie, et aujourd'hui encore j'ignore pourquoi mes parents étaient venus habiter la France; mais je sentais que c'était là un sujet douloureux auquel il m'était interdit de toucher, sous peine de blesser profondément leur cœur. Je savais seulement que les conséquences de cet exil avaient été une ruine à peu près complète, et que mon père s'était vu forcé de vendre une à une, et à vil prix, toutes ses propriétés.

Je me rappelle qu'une fois, j'avais quinze ans, ma pauvre mère était déjà bien malade; il me semblait que l'air natal suffirait à lui rendre la santé, et j'osai exprimer hautement cette pensée. Mes parents échangèrent aussitôt un regard de navrante tristesse. Puis ma mère se cacha le visage pour que je ne la visse pas pleurer. Un repentir amer suivit donc mon imprudente proposition, et je me hâtai de sortir, afin de cacher aussi mes larmes.

Cependant le désir de visiter la Louisiane subsistait toujours au fond de mon cœur, et quand la mort m'eut faite, hélas! deux fois orpheline, et que je me vis, à vingt ans, seule, sans fortune, sans appui, partagée entre les regrets du passé et les craintes de l'avenir, je n'hésitai point à suivre les conseils de M. Barthel, cet unique ami de mon père, qui me pressait de venir disputer les derniers débris de notre patrimoine.

Tu t'étonnas de mon courage, Clémence; tu ne pouvais comprendre surtout que sans autre protection que celle de notre fidèle négresse, cette bonne Parra, je me décidasse à ce lointain voyage. Ah! tu ne savais pas qu'il me semblait retourner dans ma véritable patrie!

Je ne te parlerai pas de notre traversée, qui s'est accomplie sans orage ni tempête, et qu'un vent constamment favorable abrégea même sensiblement. Les voyageurs étaient nombreux à bord de l'*Atlantique*, notre paquebot, et formaient une société un peu mêlée dont j'évitais soigneusement de partager les plaisirs. La situation de mon esprit me rendait d'ailleurs la solitude préférable, et je passais une grande partie du temps assise sur le pont, m'occupant soit à lire, soit à travailler, et souvent aussi à contempler le magnifique aspect de la mer, qui élève notre âme vers le divin Créateur et nous fait l'adorer dans une de ses œuvres les plus sublimes.

Je me rappelais alors cette pensée d'un de nos écrivains :

« La terre est travaillée par l'homme, les montagnes sont coupées par ses routes, les rivières sont resserrées en canaux pour ses marchandises ; mais si les vaisseaux sillonnent un instant les ondes, la vague vient effacer aussitôt cette légère marque de servitude, et la mer reparaît telle qu'elle fut aux premiers jours de la création. »

En arrivant à la Nouvelle-Orléans, je fus surprise du nombre prodigieux de navires qui remplissaient le port, navires appartenant à presque toutes les nations du globe, puis aussi de la scène animée que présentaient aux regards ces milliers de travailleurs, allant, venant, s'agitant et criant de manière à vous assourdir.

Le français, l'anglais, l'espagnol, et au-dessus de tout le patois des nègres frappaient à la fois mes oreilles. Je crois en vérité, mon amie, que tous les types de la grande famille humaine avaient là leurs représentants.

La Nouvelle-Orléans est située sur la

rive gauche du Mississipi; elle forme une île baignée d'un côté par ce fleuve et de l'autre par les lacs Pontchartrain et Maurepas.

Nous fûmes bientôt assaillies, ma compagne et moi, par une douzaine de nègres qui se disputaient le mince profit de porter notre bagage. Sans Parra, qui comprenait leur langage pour moi inintelligible, j'aurais eu quelque peine à me faire conduire dans un hôtel du quartier français.

Cette bonne Parra paraissait tout à coup rajeunie de vingt ans; elle que j'avais toujours connue si dolente, déployait alors une activité sans pareille, en me répétant sans cesse :

« Laissez faire, mamizelle, je sais où vous conduire, sans avoir besoin de ces fainéants-là! »

Seulement, ma pauvre Parra, avait compté sans les changements que le temps amène toujours ; les lieux n'étaient plus tels que les lui retraçaient ses souvenirs ; aussi son étonnement, son dépit m'eussent amusée, si je n'avais eu hâte de soustraire les nouvelles débarquées aux regards curieux qui pesaient sur elles.

Dès le lendemain de mon arrivée, je songeai à faire usage d'une lettre de recommandation que m'avait donnée M. Barthel pour un célèbre avocat de la Nouvelle-Orléans, à qui je voulais confier l'affaire importante qui m'avait appelée dans ce pays.

Cette visite me coûtait excessivement ; mais quand je me trouvai en présence d'un vieillard dont la physionomie douce et grave inspirait dès l'abord la confiance, je sentis diminuer ma pénible émotion et lui présentai la lettre de M. Barthel d'une main assez ferme.

Il la lut lentement, en homme qui

voulait peser chaque phrase avant d'augmenter ou de détruire mes espérances. Après avoir terminé sa lecture il resta quelques instants silencieux et immobile sous mon regard qui l'interrogeait avec anxiété.

« C'est là une grave affaire, mademoiselle, me dit-il enfin, très-grave. Je crois vos droits réels, vos réclamations bien fondées, mais elles sont malheureusement bien tardives, et ce ne serait pas la première fois que le temps et l'habitude eussent en quelque sorte légitimé une usurpation. Du reste, celui qui a spolié votre famille n'existe plus, et son héritier, M. de Beaugencé, l'un des plus riches planteurs de cette partie de l'Amérique, jouit d'une influence considérable.

— Dois-je en conclure, monsieur, repris-je tristement, que cette influence l'emportera sur la justice et le bon droit?

— Non sans doute, mais la fortune est ici une puissance devant laquelle tout s'incline. En Europe, vous êtes peut-être plus dignes et plus sages? »

Cette question me parut faite avec un peu d'ironie, et je la laissai sans réponse.

Après avoir jeté de nouveau les yeux sur ma lettre, mon conseil me demanda si j'étais de la famille des de la Tour, à laquelle appartenait une jeune veuve, Mme de Rassenave, dont la fortune et la beauté sont célèbres à la Nouvelle-Orléans. Ma réponse étant affirmative,

« Voilà qui suffit, ajouta-t-il en souriant, à lever bien des difficultés et à simplifier de beaucoup vos affaires. Si la renommée n'est pas menteuse, votre belle cousine doit épouser M. de Beaugencé, ce qui formerait au reste une union des mieux assorties, car les avantages sont à peu près les mêmes des deux parts.

— J'aurais préféré, ajoutai-je avec un peu d'hésitation, devoir à la justice seule de mon adversaire cette restitution.

— Je n'ai nulle raison de suspecter sa loyauté et sa délicatesse ; mais croyez-moi, mademoiselle, en tout état de cause une bonne recommandation ne doit jamais être dédaignée. Adressez-vous d'abord à Mme de Rassenave. Vos relations de parenté vous imposent d'ailleurs l'obligation d'une visite. »

Je me laissai difficilement persuader, Clémence, car il me répugnait excessivement d'aller solliciter la protection de cette parente inconnue.

Afin de diminuer un peu l'embarras d'une première entrevue, je préférai écrire d'abord à ma cousine pour la prévenir de mon arrivée ainsi que de l'intention que j'avais de la voir. Puis cette lettre écrite, j'en attendis avec une certaine agitation la réponse. Elle me fut transmise verbalement par une jeune mulâtresse, attachée au service de Mme de Rassenave, qui m'engageait à aller la voir sans retard. Peut-être avais-je espéré mieux de mon message; il me semblait que si j'avais été la parente riche et heureuse, je serais venue moi-même au-devant de la pauvre orpheline lui offrir ma protection et mon amitié.

Ma cousine habite le quartier le plus aristocratique de la ville, l'Esplanade, qui servit autrefois de fortifications aux premiers colons contre les attaques des sauvages, et dont on a fait aujourd'hui une promenade charmante, garnie de platanes dont l'ombrage est vivement recherché par les élégants et les oisifs, fort nombreux, ce me semble, dans cette partie du Nouveau-Monde.

Les somptueux hôtels qui bordent l'Esplanade sont construits en granit du Nord; car il n'y a pas de pierres à la Louisiane, et le granit, m'a-t-on dit, vient par eau de New-Yorck.

En entrant dans la demeure de Mme de Rassenave, je fus frappée de la vue d'un luxe inouï: ce n'était partout que bronzes, dorures, objets d'art, meubles magnifiques: on se serait cru dans un palais.

Quand j'aperçus la maîtresse de ce brillant séjour, elle était étendue sur un élégant hamac. Elle se souleva à demi pour répondre à mon salut; puis me tendant la main,

« Soyez la bien venue, ma cousine, me dit-elle d'une voix si basse que j'eus quelque peine à la comprendre, je désire que vous vous plaisiez assez dans notre pays pour ne pas regretter la France. »

Mme de Rassenave, que je contemplais avec un peu de curiosité, mérite la réputation de beauté qui lui est faite, et elle possède également toutes les grâces qui distinguent les créoles; il est impossible, je crois, d'être à cet égard plus richement partagée. Cet éloge ne me coûte nullement, ma chère Clémence, et ma véracité n'a pas à lutter contre ce sentiment de basse jalousie qui empêche certaines femmes d'en louer une autre.

Après quelques questions insignifiantes sur mon voyage, ma cousine me parla de mon père, qu'elle se rappelait, tout enfant, avoir vu avant qu'il quittât pour toujours la Louisiane.

« J'étais si jeune à cette époque, poursuivit Mme de Rassenave en me regardant attentivement, que je n'ai pas connu la cause d'un éloignement au moins étrange.

— Je l'ignore moi-même, repris-je pendant que mes yeux se remplissaient de larmes, mais ce dont j'ai l'intime conviction, c'est que cette cause devait être honorable.

— Il faut que ma demeure soit la vôtre, poursuivit ma cousine, tant que vous résiderez dans le pays; je ne trouverais pas convenable qu'une jeune personne de votre âge, surtout quand elle s'appelle Melle de la Tour, restât dans un hôtel ouvert à tout venant.

— Je n'y suis pas seule, ajoutai-je vivement; une vieille négresse d'un dévouement éprouvé, et qui a toujours servi mes parents, m'accompagne.

— N'importe, vous viendrez chez moi, les convenances, le soin de votre considération, et même de la mienne, l'exigent ainsi. »

Cette offre, Clémence, était faite de façon à blesser plutôt ma fierté qu'à exciter ma reconnaissance; aussi je t'avoue que je luttai longtemps avant d'accepter cette fastueuse hospitalité. Mme de Rassenave, habituée sans doute à voir tout ployer devant ses ordres, s'étonna d'abord de ma résistance et finit par s'en irriter. Que te dirai-je? de guerre lasse, je cédai enfin, mais une voix secrète murmurait au fond de mon cœur contre le consentement que je me laissai arracher.

Depuis un mois que j'habite la maison de ma cousine, j'ai pu faire une étude approfondie de son caractère, et si mes autres observations ne me trompent pas, elle représente le véritable type de la créole, au moins dans la classe élevée de la société louisianaise. Je ne reviendrai plus sur les avantages physiques de Mme de Rassenave; il te suffit de savoir qu'elle est toutes grâces et toutes séductions. La douceur de sa parole, la nonchalance de ses mouvements font place à une excessive âpreté de langage, à des gestes vifs et saccadés si quelque passion l'agite, et il suffit pour éveiller sa colère de la moindre contrariété. N'as-tu pas remarqué, comme moi, Clémence, que la colère et l'ennui sont les deux plus mortels ennemis de la femme?

Ma cousine dit elle-même que ses ressentiments sont terribles et qu'elle ne pardonne jamais à qui l'a grièvement offensée. Douée de beaucoup d'esprit naturel, d'une imagination vive et prompte, de ce je ne sais quoi enfin qui charme et entraîne, Mme de Rassenave doit tout à la nature et rien à l'éducation.

Elle manque des connaissances les plus élémentaires et n'en rougit pas, car presque toutes les femmes de sa société habituelle sont sur ce point à son niveau. Tu n'as pas idée, ma chère, d'une ignorance aussi profonde et moins dissimulée.

Le soin de leur toilette occupe tout le temps que les Louisianaises ne passent pas en conversations si oiseuses, si frivoles, que j'en suis vraiment excédée.

Sans doute il doit exister des exceptions au portrait que je viens de te tracer; mais elles ne se sont pas jusqu'à présent offertes à mes regards.

Les détails du ménage, les travaux manuels, enfin tout ce qui concerne l'ordre et la direction intérieure d'une maison, retombent sur les esclaves. Ma cousine a donc une espèce de suivante favorite qui cumule ici divers emplois dont elle s'acquitte assez bien; aussi le pouvoir d'Héva est très-grand. Je fus d'abord un peu surprise et scandalisée de la familiarité de cette mulâtresse avec la fière Mme de Rassenave; on eût dit deux amies intimes causant, riant, folâtrant dans le plus complet abandon; mais un instant plus tard, la maîtresse trop confiante, trop débonnaire, était devenue dans une égale proportion exigeante, altière, méprisante. Héva, laissant passer l'orage, baissa la tête, bien certaine au fond de reconquérir promptement son ascendant.

Mme de Rassenave me traite avec une politesse qui n'a rien d'affectueux, et nos relations sont aussi cérémonieuses que le premier jour de mon arrivée dans sa demeure. Peut-être la faute doit-elle m'en être imputée; je me blâme quelquefois de n'avoir rien fait pour donner plus d'aménité à nos rapports, et je m'accuse même d'ingratitude envers une parente qui m'a généreusement offert un asile. Cependant, Clémence, jusqu'ici il m'avait toujours paru doux et facile d'aimer ceux dont j'étais l'obligée.

Il m'a bien fallu avouer à ma cousine le principal motif de mon voyage à la

Louisiane. En m'entendant prononcer le nom de M. de Beaugencé, elle a paru un peu émue, ce qui tendrait à confirmer les renseignements qui m'ont été donnés par mon avocat.

Mme de Rassenave me dit alors :

« Mon habitation est voisine de celle de M. de Beaugencé, et quand j'y réside nous nous voyons quelquefois ; mais il vient très-rarement à la Nouvelle-Orléans. Je compte du reste ne plus rester ici que quelques jours, et il me sera facile, si vous le désirez, de plaider votre cause. »

Je me disposais à répliquer que je me fiais surtout sur la légitimité de mon droit ; mais cette fois du moins je sus retenir ma langue toujours trop prompte. Ah ! Clémence, la pauvreté n'a pu en moi tuer l'orgueil. Puisse Dieu ne pas vouloir m'en punir !

Ma pauvre Parra est toute désorientée ;

son long séjour en France l'a deshabituée de ce pays-ci, quoiqu'elle ait passé la moitié de sa vie à le regretter. Elle trouve tout changé en mal depuis l'époque de sa jeunesse; et volontiers elle accuserait l'ardeur du soleil d'être plus dévorante, la verdure moins fraîche, les fruits moins suaves, les maîtres plus exigeants, les esclaves plus paresseux et plus menteurs.

Le séjour de cette ville me pèse aussi; il me semble qu'à la campagne je me sentirai moins désœuvrée, que mon cœur sera délivré du poids qui l'oppresse. Au lieu de cette civilisation abâtardie de la capitale de la Louisiane, je pourrai apprécier la véritable existence créole, telle que me l'ont dépeinte si souvent les récits de mon père. Je hâte donc notre départ de tous mes vœux.

Je te ferai connaître, amie, toutes mes impressions, et peut-être la part de ta critique sera-t-elle moins large. Serait-il vrai, Clémence, que la jeunesse manque souvent d'indulgence, et qu'il faille l'expérience de notre propre faiblesse pour rendre nos jugements moins sévères?

Ce qui me prouve du reste que je sais être juste quelquefois, c'est que je t'ai toujours reconnue pour la meilleure comme la plus aimée des compagnes de mon enfance.

NOÉMI.

DE LA MÊME A LA MÊME

15 avril.

Mes prévisions ne m'avaient pas trompée, ma chère Clémence; et depuis huit jours que nous avons quitté la Nouvelle-Orléans, les dispositions de mon esprit ont complètement changé, et je me sens parfois des velléités de gaieté qui me surprennent moi-même.

Quant à Parra, elle peut à peine contenir sa joie; elle a retrouvé enfin son beau, son cher pays; mais on n'obtiendra jamais de lui faire convenir que la Nouvelle-Orléans en fasse partie. Hier encore elle me disait en haussant les épaules :

« C'est une ville ça, mamzelle, mais ça n'est pas la Louisiane. »

Il m'a fallu décidément renoncer à combattre cette erreur géographique.

Les jours dont la longueur me paraissait accablante, passent trop rapidement maintenant au gré de mes désirs.

L'habitation de Mme de Rassenave, et tu sais qu'ici on désigne sous ce nom l'ensemble d'une propriété, est vaste, belle, bien cultivée, admirablement située sur le bord du Mississipi, le père des eaux, comme l'appellent les créoles.

Trois cents esclaves sont attachés à cette grande exploitation et s'occupent principalement de la culture du coton. Toute cette armée de noirs est confiée à la garde vigilante d'un mulâtre, homme d'énergie, dit-on, et qu'on appelle le commandeur.

J'ai voulu tout voir, tout visiter en

détail, car ma curiosité était insatiable, ou plutôt mon intérêt vivement excité. J'ai pu enfin apprécier par moi-même cette existence dont l'originalité et la poésie avaient frappé ma jeune imagination.

Ah! Clémence, que la nature est belle dans cette partie du Nouveau-Monde! La première fois que j'assistai à un coucher de soleil, c'était pendant notre voyage de la Nouvelle-Orléans ici, je ne pus retenir un cri d'admiration. Que la végétation de notre vieille Europe me semblait triste et pauvre, comparée à celle de l'Amérique! A notre droite se trouvait une véritable forêt de bambous, dont la brise du soir agitait doucement les branches chargées d'épis en forme d'aigrettes. Devant nous, un superbe massif de magnolias, dont la fleur éclatante de blancheur et le fruit rouge vif tranchaient sur un vaste rideau de chênes verts. Notre voiture côtoyait un beau lac dont les eaux transparentes reflétaient l'azur foncé du ciel et des masses de nuages de pourpre et d'or.... Mille oiseaux au plumage éclatant, et qui sont inconnus dans nos froides contrées chantaient l'hymne du soir au Dieu qui créa toutes ces merveilles. Pour t'en donner une exacte description, il faudrait, amie, être un grand peintre ou un grand poëte, et je ne suis, moi, qu'une pauvre fille qui sens bien mieux qu'elle ne sait exprimer son admiration.

Ma cousine souriait un peu ironiquement de mon enthousiasme, soit que l'habitude l'ait blasée sur ces magnificences, soit qu'il lui manque cette faculté d'apprécier le beau qui double nos jouissances.

Héva m'accompagne dans presque toutes mes excursions et se prête avec beaucoup de complaisance à satisfaire ma curiosité. Cette fille ne manque ni de bon sens ni d'intelligence; elle gouverne, ici comme à la ville, l'intérieur de la maison et le fait avec tact et discernement. Cependant je la crois vindicative. Malgré la familiarité dont l'honore la fière Mme de Rassenave et les cadeaux dont elle la comble, il se pourrait que la mulâtresse n'oubliât point les humiliations et les duretés qu'il lui faut souvent subir. Ma pauvre Parra, un peu jalouse d'ailleurs de voir Héva m'accompagner partout, ne lui épargne pas les suppositions malveillantes.

Le jour de notre arrivée, les nègres furent exemptés de toute espèce de travail; ils n'en profitèrent point pour se reposer de leurs fatigants labeurs, mais jusqu'à la nuit, ce furent des chants étourdissants, des danses à vous donner le vertige, auprès desquelles la farandole provençale pourrait passer pour un exercice aussi grave, aussi mesurée que le menuet de nos pères.

J'ai vu hier pour la première fois M. de Beaugencé, à qui ma cousine s'était empressée d'annoncer son arrivée. Je crois qu'elle avait attendu cette visite plus tôt et que de là provenait une irrégularité d'humeur dont tout le monde avait plus ou moins souffert.

M. de Beaugencé ne ressemble aucunement à quelques-uns de ses compatriotes que j'ai eu occasion de voir à la Nouvelle-Orléans. Il a l'air froid et calme d'un homme du Nord, et parle sans cette affectation de grasseyement qui m'avait beaucoup déplu. Je le crois enfin sous tous les rapports un homme honorable et distingué. S'il existe réellement entre lui et ma cousine les engagements dont on m'a parlé, je ne puis qu'en féliciter celle-ci.

Après une présentation fort cérémonieuse et qui ne laissa pas de m'embarrasser un peu, Mme de Rassenave me demanda à demi-voix, si je voulais qu'elle entretînt immédiatement M. de Beaugencé de l'affaire qui m'amenait à la Louisiane. Je la suppliai de vouloir bien différer; la seule pensée de voir un débat s'engager à ce sujet m'était extrêmement désagréable.

Du reste, ma cousine paraissait agitée, mécontente; toutes les cordes douces de sa voix avaient disparu; elle tenait à ce que M. de Beaugencé comprît que sa visite était trop tardive. Il s'en excusa en alléguant le tourment que venait de lui causer le mariage de son intime ami, M. Léon B., avec une femme de couleur.

« J'ai mis tout en œuvre, ajouta M. de

Beaugencé pour le détourner de ce fatal dessein sans pouvoir y réussir. La jeune fille avait été élevée avec beaucoup de soin par la mère de Léon, qui était sa marraine et la conservait sans cesse auprès d'elle.

— Voilà des soins bien récompensés, ajouta Mme de Rassenave.

— Je suis réellement désespéré d'un tel scandale, poursuivit M. de Beaugencé. Du reste Léon a compris qu'il lui était impossible de demeurer plus longtemps à la Louisiane, et il est parti hier avec sa femme, sans vouloir me faire connaître le lieu de sa future résidence.

— Sa mère est sans doute au désespoir? demanda ma cousine.

— Il y six mois qu'il l'a perdue; or mon ami m'a juré sur son honneur que, vaincue par ses sollicitations, elle avait fini par donner son consentement à cette honteuse alliance.

— Il est probable, ajouta Mme de Rassenave d'un ton moqueur, que l'esprit de la bonne dame était affaibli par la maladie au point de lui ôter la conscience de ce qu'elle faisait.

— Ne serait-ce pas plutôt, m'écriai-je involontairement, qu'au moment de quitter cette vie pour entrer dans une autre plus parfaite, nous comprenions la vanité des opinions, l'injustice des préjugés qui ont jusqu'alors servi de règle à notre conduite? »

Je ne puis encore m'expliquer, Clémence, d'où me vint la hardiesse de me mêler à cet entretien; aussi à peine ces paroles m'étaient-elles échappées en attirant sur moi les regards surpris de M. de Beaugencé, que je sentis mon visage tout en feu et que mes yeux se baissèrent sous l'effet d'une indicible confusion.

« Prenez garde, ma chère, dit Mme de Rassenave avec une ironie bien marquée, un tel langage est souverainement déplacé dans ce pays.

— Mademoiselle, repartit M. de Beaugencé de sa voix harmonieuse et grave, doit à son éducation française des idées généreuses qu'elle ne pourra conserver longtemps en Amérique.

— Dans ce cas, repris-je en essayant de sourire quoique je sentisse les larmes me monter aux yeux, je dois me hâter de partir. »

Je ne comprends pas moi-même l'intérêt que je portais à ces pauvres proscrits ; mais Dieu les bénira sans doute, puisque de sa tombe leur mère les bénit. Quand M. de Beaugencé parla de la France, de Paris, ce fut de manière à me faire croire qu'il y avait passé des années, et cependant il m'a affirmé n'avoir jamais quitté l'Amérique.

Il paraît fort instruit, sa conversation est attrayante, et je l'écoutai avec plaisir; mais ne voulant pas que ma présence fût importune, je tardai peu à me retirer.

Pendant tout le reste du jour, et ce matin encore, ma cousine a été d'une humeur détestable, dont j'ignore la cause, mais dont tout le monde ici a ressenti plus ou moins les effets. Quand je suis entrée chez elle, elle s'occupait de la plus grave affaire de la journée : sa toilette. Il paraît que Héva recommençait pour la troisième fois une coiffure qui n'obtenait jamais l'approbation de sa maîtresse; aussi cette dernière ne lui épargnait pas les reproches durs et humiliants; puis sa colère s'aggravant encore, elle frappa si rudement la mulâtresse avec son éventail qu'il fut brisé du coup. Héva ne prononça pas un mot, ne fit pas même un geste de douleur ou de ressentiment; mais je la vis pâlir, et elle lança à Mme de Rassenave un regard qui m'effraya, tant il décelait une implacable haine.

Quand je fus seule avec ma cousine, elle chercha à atténuer l'effet produit sur moi par cette petite scène, rejetant sur l'ardeur du sang, l'influence du climat, des emportements qui sont surtout à mon avis, Clémence, le résultat d'une mauvaise éducation.

« Vous ne pouvez sans doute comprendre, Noémi, ajouta-t-elle, les sensations violentes qui nous emportent à des excès souvent regrettables; née en France et d'une mère française, vous avez tout le calme, toute la froideur des pays septentrionaux.

— Ma mère était Américaine, » repartis-je avec ce douloureux serrement de cœur que fait naître toujours en moi le souvenir des pertes cruelles que j'ai faites.

Mme de Rassenave manifesta une vive surprise.

« C'est étrange, répéta-t-elle plusieurs fois; j'avais toujours cru que votre père s'était marié en Europe.

— Non, ma cousine, ma mère était Louisianaise.

— Vous êtes bien sûre de cela?

— Je le lui ai entendu répéter cent fois. »

Mme de Rassenave me regarda alors d'une façon si persistante et si extraordinaire que j'en fus un peu blessée. Puis il me sembla l'entendre murmurer :

« C'est impossible.... quelle folie!.... »

Clémence, je ne pourrai jamais aimer Mme de Rassenave. Est-ce sa faute ou la mienne? je ne saurais le dire.

Pourquoi ai-je quitté la France? Quel mauvais vent d'ambition m'a poussée vers un pays où m'attendent peut-être d'amères déceptions? Le peu de talents que je possède m'eussent procuré, en les utilisant, une existence paisible, indépendante, sinon heureuse, au lieu d'être arrivée ici pour y revendiquer des droits au moins incertains, et m'exposer peut-être à d'odieux soupçons.

En me relisant, je m'aperçois, mon amie, que je termine assez tristement ma lettre commencée sous de plus favorables dispositions. Dusses-tu m'accuser d'inconséquence, je te l'enverrai cependant. Tu sais au moins qu'il est un point sur lequel je ne varie jamais, c'est quand il s'agit de ma tendre affection pour toi.

NOÉMI.

DE LA MÊME A LA MÊME

6 mai.

Un affreux malheur, ma chère Clémence, est venu fondre sur l'habitation de Mme de Rassenave et mettre partout la confusion et la crainte. Les champs sont déserts, les ateliers fermés, un grand nombre de cases abandonnées. Au lieu de figures riantes, de chansons joyeuses, toutes les physionomies expriment l'effroi, tandis qu'un morne silence a remplacé la gaieté bruyante des noirs. Tu cherches, n'est-ce pas, à deviner la cause de ce brusque changement : eh bien, mon amie, c'est que tous les pauvres esclaves tremblent pour leur vie, parce qu'une main criminelle et jusqu'ici insaisissable fait circuler le poison, et que chacun se croit au moment d'en être la victime.

La terreur des nègres est devenue une sorte de vertige qui peut entraîner les plus funestes conséquences.

Malgré le nombre sans cesse croissant des malades, on avait presque la certitude que cet infâme empoisonneur ne s'était attaqué jusqu'à présent qu'aux animaux domestiques fort nombreux dans une aussi vaste exploitation; mais il a suffi qu'un pauvre noir succombât par suite d'une grave affection de poitrine dont il était atteint depuis longtemps, pour persuader à tous les autres que le danger d'une mort terrible était suspendu sur leur tête. Aussitôt l'infirmerie s'est remplie, au point de ne pouvoir les contenir, d'une foule de malheureux atteints de cette maladie qui s'appelle la peur. Parmi les esclaves les plus jeunes et les plus forts, il en est beaucoup qui se sont décidés à fuir, malgré le châtiment auquel ils s'exposent et la misérable existence qui attend dans les bois les nègres marrons.

Je n'oublierai jamais l'impression que produisit sur Mme de Rassenave cette fatale nouvelle que vint un jour lui apporter le commandeur : « Madame, le poison circule dans l'habitation. »

Ma cousine devint d'une pâleur livide, et ses traits se contractèrent affreusement. Mais aussi, Clémence, c'est comme si l'on était venu lui dire : « Madame, vous êtes riche, belle, heureuse, enviée : eh bien, la ruine et la mort sont suspendues sur votre tête ! »

Mme de Rassenave fit un effort pour parler, mais sa langue paralysée par la terreur lui refusa tout secours. Ne pouvant plus se soutenir, elle chercha instinctivement un appui, et je m'élançai vers elle pour l'empêcher de tomber.

Les premiers mots que parvint à prononcer ma cousine furent ceux-ci :

« Je veux partir... partir sur-le-champ. Héva, prépare tout... hâte-toi.... Il faut qu'aujourd'hui même je sois à la Nouvelle-Orléans. »

Le commandeur paraissait consterné.

« J'espère que madame renoncera à un tel dessein, dit-il d'un ton humble, ce serait rendre la situation mille fois plus mauvaise encore.

— Vous ai-je demandé un avis ! » fit Mme de Rassenave avec hauteur.

Cet homme, qui est un mulâtre à la physionomie énergique et intelligente, baissa la tête et garda le silence, mais je le vis se crisper les mains avec rage.

Presque au même instant arriva M. de Beaugencé, qui avait appris le malheur dont était frappée l'habitation. Ma cousine, qui prévoyait sans doute une nouvelle et plus pressante opposition à son départ, ne dissimula qu'imparfaitement sa vive contrariété.

En effet, à peine M. de Beaugencé fut-il instruit de ce projet, qu'il mit tout en œuvre pour l'en dissuader. Il lui représenta avec force, que déserter en un pareil moment, c'était aggraver le mal, achever l'œuvre de démoralisation qui ferait plus de victimes que le poison, pousser enfin les esclaves à chercher eux-mêmes dans la fuite un moyen de salut.

« Qu'importe ! s'écria ma cousine, entre la ruine et la mort je ne saurais hésiter. »

Puis elle ajouta d'un ton plus doux :

« Vous êtes homme, M. de Beaugencé, et votre noble courage ne peut comprendre les terreurs d'une pauvre femme. Voulez-vous donc me voir succomber aux terribles angoisses que j'endure? »

M. de Beaugencé se vit ainsi réduit au silence. Il me regarda d'un air qui semblait dire : « Quelle faiblesse! » Puis s'adressant vivement au commandeur,

« Le mal est-il aussi grand qu'on le dit? ajouta-t-il.

— Oui, monsieur, plusieurs nègres sont déjà très-malades; je ne réponds de rien si l'on ne trouve le moyen de relever leur moral abattu. J'avais espéré que madame voudrait bien se rendre à l'infirmerie et adresser à ces poltrons quelques paroles d'encouragement. Tandis que s'ils viennent à apprendre son départ, ils se croiront tous perdus. »

Mme de Rassenave mit en pièces le mouchoir dont elle se servait pour essuyer son front baigné de la sueur de l'angoisse.

Frappée d'une subite inspiration, je m'écriai :

« Je puis rester, moi, et si ma présence, mes consolations sont nécessaires à ces infortunés, je ne les leur marchanderai pas.

— Ah! que vous êtes heureuse, Noémi, dit alors Mme de Rassenave, de ne pas avoir peur! je vous envie ce calme, cette froideur que je ne possède pas, hélas! »

Cette exclamation était assez étrange, mais personne ne songea à la relever.

« Il me semble, ajoutai-je, qu'on pourrait expliquer le départ de ma cousine en disant qu'elle est allée elle-même à la Nouvelle-Orléans afin de hâter l'arrivée ici d'un grand médecin.

— Sans doute, sans doute, j'enverrai un médecin, deux s'il le faut. Héva, tout est-il prêt? Jean a-t-il attelé ma voiture?

— Oui, madame.

— Quel terrible coup!... Je suis sûre que j'en serai malade!...

— Que madame n'oublie pas surtout, dit le commandeur, d'envoyer de prompts secours; la venue d'un médecin effraierait peut-être l'empoisonneur. Il peut résulter de tout ceci une grave perte; les nègres sont très-chers dans ce moment. »

Je ne pus retenir un geste de dégoût qui n'échappa pas à M. de Beaugencé.

« Nos esclaves nous paraissent avant tout une propriété, me dit-il, et nous oublions souvent que ce sont des hommes. Avant de nous juger trop sévèrement, attendez. »

Cependant on vint avertir Mme de Rassenave que ses ordres avaient été exécutés et que sa voiture l'attendait.

« Ainsi, Noémi, me dit-elle, vous êtes décidée à rester ici?

— Oui, ma cousine, complètement décidée.

— Je voudrais avoir votre froid courage, votre calme résolution; mais je suis au contraire d'une organisation nerveuse et impressionnable à l'excès. Je n'ai jamais pu supporter la vue de ceux qui souffrent. N'est-ce pas, M. de Beaugencé? »

La réponse fut :

« Cette sensibilité excessive est un malheur que je déplore, madame; je m'incline devant le dévouement de Melle de la Tour.

— Voulez-vous me donner le bras jusqu'à votre voiture, monsieur, ajouta Mme de Rassenave avec un peu d'aigreur, je me soutiens à peine. »

Héva s'avança alors vers sa maîtresse :

« Dois-je accompagner madame? demanda-t-elle.

— Non, restez ici, vous pouvez y être nécessaire. »

Puis se tournant vers moi,

« Adieu, Noémi, » ajouta-t-elle.

Ce fut ainsi que Mme de Rassenave me quitta sans m'adresser un mot d'intérêt ou de remerciement; mais que m'importe sa reconnaissance? Dieu, qui lit dans les cœurs, sait que j'avais un plus noble mobile. Puisse-t-il m'accorder le courage et la force nécessaires à l'accomplissement de ma tâche! Sans son secours puissant, nous nous agitons dans le vide, et nos efforts restent sans résultat satisfaisant.

Aussitôt après le départ de Mme de Rassenave, je me rendis à l'infirmerie, où mon arrivée fut saluée par une sorte de murmure doux et triste qui m'alla droit au cœur. Je compris en ce moment la céleste jouissance qu'éprouvent certaines âmes à se dévouer uniquement aux êtres souffrants et malheureux. Je m'adressai d'abord à ceux des pauvres noirs qui paraissaient les plus abattus, m'efforçant de ranimer leur courage, de leur persuader que le cruel fléau touchait à sa fin et qu'on avait d'ailleurs faussement attribué à l'effet du poison une épidémie qui n'atteint que les animaux. Je croyais, quant à moi, si peu au danger, que j'avais refusé d'accompagner ma cousine à la Nouvelle-Orléans où elle était allée chercher un grand médecin. J'ajoutai que leur état de souffrance provenait uniquement d'une violente agitation et de l'obstination qu'ils mettaient à repousser toute nourriture; il ne tiendrait donc qu'à eux de guérir promptement.

Je m'aperçus bientôt que mes arguments étaient sans pouvoir sur ces pauvres intelligences abruties par la peur.

On m'écoutait en silence, mais avec des signes manifestes d'incrédulité.

Je désirai alors goûter les remèdes, fort simples d'ailleurs, que préparait une vieille femme dont les connaissances médicales sont réputées à plusieurs lieues à la ronde.

Je l'avais prise d'abord pour une blanche, car son teint ne diffère guère de celui des créoles, mais j'ai appris depuis que la vieille Sylvie est une femme de couleur. Sa physionomie a une expression de douceur et de bonté qui me charma dès l'abord, et je lui demandai de vouloir bien m'initier à ses secrets, les plus précieux qui soient au monde, s'ils ont réellement le pouvoir de soulager les maux de notre pauvre humanité.

Les regards que Sylvie attacha alors sur moi avaient une singulière expression; on eût dit tout à la fois de la reconnaissance et de l'affection. Elle me dit que je pouvais disposer d'elle entièrement et qu'une telle élève la rendrait heureuse et fière.

Tu comprendras aisément, ma chère amie, quelle pénible impression produisait sur moi l'aspect de ces malheureux, que de vaines terreurs rendaient presque fous, et dont les plaintes continuelles frappaient sans relâche mon oreille.

Il me vint tout à coup à l'esprit de tenter une épreuve sur l'une de ces imaginations impressionnables. J'avais remarqué un jeune nègre qui me paraissait plus abattu encore que ses camarades; la tête penchée sur sa poitrine, il semblait ne rien voir ni rien entendre de ce qui se passait autour de lui.

Sylvie m'apprit qu'il s'appelait Marc et que c'était l'un des meilleurs travailleurs de l'habitation. Je m'approchai de son hamac, et après être parvenu non sans peine à attirer son attention, je m'engageai de la façon la plus formelle, s'il voulait m'obéir aveuglément en tout, c'est-à-dire se lever, prendre un peu de nourriture, aller respirer au dehors un air plus pur que celui de l'infirmerie, et enfin, demain se remettre au travail, d'obtenir sa liberté de Mme de Rassenave.

Je fus surprise moi-même, Clémence, de l'effet que produisit cette promesse. On eût dit que Dieu m'avait transmis un instant son souffle divin pour animer cette froide statue. Le noir commença par se mettre sur son séant, puis son ardente prunelle s'attacha sur moi avec une anxiété inouïe. Ses lèvres remuèrent, mais sans articuler aucun son; il craignait certainement d'être la dupe d'un rêve que le premier mot prononcé par lui ferait évanouir.

Mais quand je m'engageai de nouveau

et dans les termes les plus formels, ce doute se dissipa pour faire place à une joie délirante : Marc se mit à rire, à chanter, à courir par toute la salle en criant :

« Moi guéri! moi guéri! et pouvoir travailler de suite comme quatre hommes. »

Grand fut l'étonnement des autres malades; et je n'étais pas la moins surprise de ma cure merveilleuse. L'effet moral en fut excellent, surtout quand on vit, le lendemain, Marc se remettre avec ardeur à la besogne. Les forces et la santé lui étaient revenues comme par enchantement.

Toute fière de mon succès, je me hâtai de l'annoncer à M. de Beaugencé quand il vint juger par lui-même de l'état des choses. Il me félicita en termes certainement trop flatteurs, mais qui pendant un instant, Clémence, gonflèrent d'orgueil le cœur de ton amie. Malheureusement le commandeur vint aussitôt nous apprendre que deux chevaux et trois mulets avaient encore succombé. Puis, frappant du pied avec rage, il s'écria :

« Et il m'est impossible, quelque active que soit ma surveillance, de découvrir cet infâme empoisonneur! Oh! qu'il tombe en mon pouvoir! Et je jure que mon bras lui fera cruellement expier ses crimes, dût-il mourir sous le fouet! »

M. de Beaugencé a passé ici une partie de la journée, nous avons visité ensemble les ateliers presque déserts, les cases où règne toujours une vive inquiétude. Il a fait distribuer aux rares travailleurs une double ration de tafia, ce qui lui a valu des bénédictions sans nombre. Je le crois un bon maître, quoique imbu des préjugés créoles qui font considérer un esclave comme étant à peine au-dessus de la brute.

Adieu, ma chère Clémence, ma main est fatiguée, quoique mon cœur ne se lasse jamais de causer avec toi....

Je reprends ma lettre, chère amie, il est minuit; mais comme j'essaierai vainement de dormir, je vais te raconter une scène toute récente et qui m'a affreusement troublée.

A la fin du jour, me sentant fatiguée, je m'étais étendue sur mon hamac, et, le cœur oppressé de pénibles pensées, je demeurai dans un état d'immobilité qui pouvait passer pour le sommeil. L'air pur d'une belle soirée entrait par la fenêtre entr'ouverte et m'apportait mille senteurs embaumées. Sa bienfaisante influence calma un peu l'espèce de fièvre qui rendait ma tête brûlante et douloureuse. Je parvins à chasser en partie les idées sombres qui me poursuivaient sans relâche, et me transportai en imagination auprès de toi, ma seule amie, qui ne te doutais guère à cette heure de la position de ta pauvre Noémi.

Héva allait et venait dans ma chambre, évitant soigneusement de faire le moindre bruit. Plusieurs fois, à travers mes paupières demi-closes, je l'avais vue s'arrêter en se penchant vers moi comme pour s'assurer de la réalité de mon sommeil.

J'ouvris enfin les yeux en disant :

« Héva, j'ai une soif ardente.

— Mademoiselle s'est trop fatiguée aujourd'hui, dit la mulâtresse, il ne serait pas étonnant qu'elle eût de la fièvre. Voici un verre de limonade que j'ai apprêté et qui lui fera du bien.

— Je vous remercie de cette attention, » ajoutai-je en avançant la main, tandis qu'un soupçon toujours repoussé, mais qui dans ce moment acquérait une force nouvelle, agitait mon cœur.

Attachant sur cette fille un regard qui voulait sonder jusqu'au fond de son âme, je repris :

« Qui sait si cette boisson ne contient pas aussi un poison mortel? »

Héva tressaillit.

— Jamais mademoiselle n'a fait de mal à personne, s'écria-t-elle, qui donc chercherait à lui en faire?

— Ceux qui pour satisfaire sans doute un horrible désir de vengeance font usage d'un moyen aussi odieux que le poison, ne comptent pas le nombre de leurs victimes. »

La mulâtresse reprit alors d'une voix qu'elle cherchait à raffermir.

« Jusqu'à présent on ne s'est attaqué qu'aux animaux de l'habitation.... personne n'a péri.

— Mais il y a un grand nombre de malades. »

La mulâtresse leva les épaules d'un air de dédain, en murmurant :

« Oui, des poltrons sans énergie et sans cœur.

— Il est évident, ajoutai-je, que c'est principalement à la fortune de Mme de Rassenave qu'on s'attaque. Mais qui peut savoir où s'arrêtera ce vil empoisonneur?... Je regrette parfois d'être restée.

— Soyez tranquille, mademoiselle, poursuivit la mulâtresse avec amertume, les ennemis de ma maîtresse ne songeront pas à vous faire du mal.

— Pourquoi cela?

— Parce qu'elle ne vous aime pas. »

Mes regards s'arrêtèrent cette fois sur la mulâtresse avec une telle fixité qu'elle ne put les soutenir et baissa bientôt les siens.

« Il n'y a qu'une seule personne ici, articulai-je lentement, qui ait été à même de juger des véritables sentiments de ma cousine à mon égard; et cette personne... c'est vous, Héva. »

— En m'entendant parler ainsi, cette fille devint d'une pâleur livide; j'en fus effrayée moi-même, car mes doutes se changeaient en certitude. J'avais en face de moi l'empoisonneuse qui jetait le désordre et la terreur dans l'habitation! J'étais presqu'aussi tremblante que la coupable qui essaya néanmoins de m'en imposer en s'écriant:

« Est-ce que mademoiselle songerait à m'accuser.... »

Mais je l'interrompis brusquement en disant :

« Votre crime est visible dans la pâleur de votre front, dans vos yeux égarés, dans vos lèvres frémissantes.

— Non, non, cela n'est pas, s'écria encore la mulâtresse, mes ennemis vous auront trompée!

— Vos ennemis, malheureuse! ce sont vos passions honteuses qui vous ont inspiré un atroce moyen de vengeance.

— Non, non, répéta encore Héva d'une voix plus faible.

— Pourquoi, hier soir, êtes-vous sortie furtivement de la maison, lorsque tout le monde reposait, et après avoir annoncé que vous étiez fort souffrante? »

La mulâtresse balbutia quelques paroles inintelligibles.

« Si vous ne répondez pas avec une entière franchise, ajoutai-je, je chargerai le commandeur d'éclaircir cette ténébreuse affaire et de découvrir vos complices. »

Cette menace mit le comble à l'effroi de la coupable Héva; elle se jeta à mes pieds en implorant ma pitié, en me suppliant de ne point la perdre.

Je me détournai d'elle avec horreur.

« Je n'ai pas de complice, dit-elle, c'est moi seule qui ai tout fait; mais avant d'en venir à cette extrémité, si vous saviez tout ce que j'ai souffert de la part de ma dure et impérieuse maîtresse !

— Est-ce que vous espérez excuser ainsi votre crime? repartis-je en m'éloignant de l'empoisonneuse.

— Oh! non, pas l'excuser, fit-elle en appuyant une main sur son cœur, mais vous faire comprendre tout ce qu'il y avait là de colère concentrée, d'humiliations subies, de douleurs et de révoltes accumulées depuis mon enfance. Le malheur voulut que je vinsse au monde le même jour que Mme de Rassenave, dans l'habitation de son père, où mes parents étaient esclaves, et j'appartenais ainsi de droit à cette heureuse et cruelle enfant qui, dès nos plus jeunes années, fit peser sur moi son odieuse tyrannie.

— Ma cousine vous témoignait parfois de la bonté, interrompis-je partagée entre l'horreur et la compassion, et vous essayez vainement, en l'accusant, de pallier votre infâme conduite.

— Jamais, jamais, poursuivit Héva en sanglotant, elle n'a laissé se cicatriser une blessure avant d'en faire une nouvelle!... Si vous me livrez au commandeur, il me fera expier sous le fouet le dommage causé à notre maîtresse, et j'aime mieux mourir tout de suite; cette fois du moins le poison m'aura été utile.

— Et vous commettrez ainsi un nouveau crime pour lequel, vous devez le savoir, malheureuse, Dieu est sans miséricorde. »

La mulâtresse baissa la tête sur sa poitrine et garda le silence.

Hélas! pensais-je, n'est-ce pas la peur bien plus que le repentir qui te met à mes pieds? cette nature pervertie par la haine peut-elle encore s'amender?...

Mais quels que fussent le mépris et l'horreur que m'inspirait cette fille, je ne pouvais soutenir la pensée de la possibilité de sa mort, ou de l'horrible supplice auquel ma déclaration allait l'exposer.

« Pour prix de mon silence, dis-je en l'observant attentivement, je deviendrai peut-être votre première victime.

Héva reprit avec force :

« Si nos ressentiments sont terribles, notre dévouement est sans bornes.

— Je vous tiens quitte de toute reconnaissance personnelle, ajoutai-je; tâchez seulement de réparer le mieux qu'il vous sera possible le mal que vous avez fait, et rappelez-vous qu'à la moindre trace de poison, c'est votre main que j'accuserai. Le premier châtiment du criminel c'est de ne pouvoir inspirer de confiance. »

Héva me fit les serments les plus solennels, appelant sur sa tête toutes les colères célestes si elle y manquait.

Tu dois comprendre maintenant, ma chère, combien cette scène m'a émue. Si je me suis trompée sur mon devoir, Dieu, qui connaît mes intentions, me pardonnera, je l'espère. Je vais lui demander de faire descendre sur mon âme, ce repos dont elle a tant besoin. Aime-moi bien, Clémence, car ton affection, si précieuse à mes yeux, est la seule sur laquelle je puisse encore compter dans ce monde.

NOÉMI.

DE LA MÊME A LA MÊME

15 mai.

Ma cousine est revenue depuis huit jours, ma chère Clémence, et tout a repris ici sa physionomie ordinaire : le calme a succédé à l'orage, l'ordre au désordre, une insouciante gaieté au sombre désespoir. Les fugitifs sont revenus, et l'on a fermé les yeux sur une faute attribuée au vertige de la peur. On travaille, on chante, on danse comme par le passé. Deux personnes seulement se souviennent, je crois, Héva et moi.

Autant Mme de Rassenave avait fait preuve dans le moment de la crise d'une terreur irréfléchie, autant aujourd'hui elle traite légèrement ce qui a trait à cette malheureuse circonstance. A l'entendre, tout le monde ici avait perdu le sens en attribuant une importance exagérée à des faits peut-être accidentels.

J'ai eu une peine infinie à obtenir la liberté de Marc, quoique le commandant attestât lui-même l'excellent effet produit sur le moral des esclaves par cette guérison instantanée qui leur avait prouvé le peu de fondement de leurs craintes. Ma cousine m'a reproché aigrement d'avoir agi dans cette circonstance avec irréflexion et légèreté. Jamais, Clémence, je n'ai déploré plus amèrement le manque de fortune qui s'opposait à ce que je la dédommageasse de la perte de cet esclave. Je crois bien même que j'eusse forcément manqué à une promesse sacrée, si Mme de Rassenave n'avait redouté une censure plus puissante sur son esprit que la mienne.

M. de Beaugencé, qui a quelquefois peine à lui pardonner sa fuite, ne cesse d'exalter ma conduite pendant que je tenais ici la place de la maîtresse de l'habitation. Ces éloges, je ne saurais m'y tromper, ont surtout pour but de donner une leçon à Mme de Rassenave; mais elle est trop imbue de la pensée de son mérite pour la supporter patiemment.

Si de mon côté j'avais eu quelque propension à me laisser dominer par l'orgueil, ma cousine eût su trouver le moyen de le rabattre.

Elle dit un jour, devant moi, à M. de Beaugencé :

« Je suis en vérité charmée de la bonne opinion que vous avez de Noémi; cela m'encourage à vous présenter une requête en sa faveur.

— De grâce, madame, m'écriai-je dans un trouble que je ne puis définir, pas un mot à ce sujet!... »

M. de Beaugencé paraissait fort surpris, et pria ma cousine de vouloir s'expliquer; dès lors toutes mes protestations devaient être vaines. Je ne puis t'expriprimer, Clémence, car j'ai peine à comprendre moi-même ce que je souffrais pendant que Mme de Rassenave faisait un exposé fort peu clair de mes droits sur la propriété qui appartint autrefois à ma famille.

Il me semblait, à tort peut-être, que mon avocate cherchait plutôt à provoquer des ressentiments qu'à gagner ma cause. Puis elle termina en disant :

« C'est afin de revendiquer ce dernier lambeau de la fortune paternelle, que Melle de la Tour s'est décidée à entreprendre seule un long voyage, à quitter la France qu'elle regrette comme sa véritable patrie. »

M. de Beaugencé avait écouté très-attentivement ma cousine sans chercher une seule fois à l'interrompre. Quant à moi, j'étais si troublée, si mécontente, qu'il m'eût été impossible de trouver aucun argument à l'appui de mes prétentions.

M. de Beaugencé prit enfin la parole, en s'adressant principalement à moi, qui l'écoutais, le visage en feu, et en proie à la plus déraisonnable émotion.

« J'avais complétement ignoré jusqu'ici, mademoiselle, dit-il, que la possession de ce petit bien pût m'être contestée, et je regrette vivement, croyez-le bien, de n'en pas avoir été instruit plus tôt.

— Ainsi, reprit ma cousine, cette pauvre Noémi peut compter sur votre généreuse bienveillance? je l'en avais prévenue, du reste, mais notre reconnaissance n'en est pas moins vive. »

C'en était trop, Clémence, et je trouvai dans la force même de mon mécontentement le courage de parler.

« Je ne veux rien devoir à la bienveillance, m'écriai-je ; si mes droits sont fondés, comme on me l'a affirmé, il suffira de la loyauté de monsieur pour les reconnaître. Je le prie en conséquence de ne rien décider avant d'avoir pris sur cette affaire les avis d'hommes compétents.

— Voudriez-vous faire croire, ma chère, repartit ironiquement ma cousine, que vous êtes indifférente sur le résultat?

— Je ne suis du moins, madame, ni effrayée ni humiliée de la pauvreté quand elle sait rester honorable. »

M. de Beaugencé s'inclina en disant :

« Vos désirs seront scrupuleusement exécutés, mademoiselle, la justice seule prononcera sur nos droits respectifs; je vous en donne ma parole.

Je fus reconnaissante d'une telle assurance, Clémence, car elle ne blessait en rien ma fierté. Alors, avec un tact dont je sus gré à mon généreux adversaire, il changea le sujet de l'entretien.

Cependant, après le départ de M. de Beaugencé, ma cousine, revenant sur ce qui s'était passé, dit encore :

« Vous pouvez considérer votre cause comme gagnée, Noémi; M. de Beaugencé ne voudrait pas d'ailleurs entamer un débat judiciaire contre une de mes parentes.

— Permettez-moi, repartis-je avec le plus de calme que je pus trouver, de m'en rapporter sur ce point à la parole qui m'a été donnée.

— Mais enfin, ma chère, désirez-vous perdre ou gagner votre procès?

— Je désire gagner loyalement, mais ma pauvreté ne demande ni grâce ni aumône.

— Cet orgueil ne messied pas à une de la Tour, repartit Mme de Rassenave d'un ton plus aimable, et je ne saurais après tout vous en blâmer. »

Depuis lors il n'a plus été échangé entre nous un seul mot à ce sujet. Je crois Héva sincèrement repentante de sa conduite; elle supporte maintenant avec une patience vraiment exemplaire la mauvaise humeur de sa maîtresse, quelque injustes et cruelles qu'en soient les conséquences.

Je lui adresse rarement la parole, et j'évite autant que possible de l'avoir comme autrefois pour compagne dans mes petites excursions.

Mme de Rassenave s'est aperçue de ce changement, aussi a-t-elle dit un jour en ma présence à la mulâtresse :

« Il paraît, ma pauvre Héva, que tu n'as pas su mériter les bonnes grâces de Melle de la Tour.

— C'est un chagrin pour moi, répliqua cette fille d'un ton qui m'émut, mais j'espère pouvoir prouver un jour à mademoiselle mon respectueux dévouement.

Une personne qui m'intéresse bien plus qu'Héva, c'est cette bonne Sylvie, dont je t'ai déjà parlé lors de ma première visite à l'infirmerie, où elle soignait les pauvres noirs. Je ne saurais douter de l'affection de cette femme pour moi, quoiqu'elle paraisse vouloir la dissimuler, surtout quand nous ne sommes pas seules. Sylvie demeure à un quart de lieue à peine de l'habitation de ma cousine, et il m'est arrivé plusieurs fois, dans mes promenades avec Parra ou Héva, d'aller me reposer sous son toit. La joie que lui cause ma présence éclate alors dans ses regards, dans le tremblement de sa voix. S'il m'arrive de lui tendre la main, son trouble s'accroît encore, et j'ai vu des larmes briller dans ses yeux.

Je ne trouvais qu'une seule explication possible de cette conduite : Sylvie avait peut-être connu mes parents, et ma vue les lui rappelait.

Mais alors pourquoi s'imposer sur ce sujet un singulier silence? pouvait-elle douter de la joie que j'eusse éprouvée à entendre parler de mon père, de ma mère chéris, moi qui n'ai que le souvenir de leur tendresse pour me consoler de mon triste isolement?

Hélas! je me trompais. Sylvie, que j'ai interrogée à ce sujet, m'a répondu avec embarras qu'elle était née à la Virginie et qu'il n'y avait que quinze ans qu'elle était venue habiter la Louisiane.

Cette réponse fut pour mon cœur un

triste mécompte; il m'eût été si doux de m'entretenir de la jeunesse de mes parents bien-aimés avant que le malheur soit venu fondre sur eux et attrister leur existence!

« Avouez du moins, bonne Sylvie, ajoutai-je, que mes traits vous rappellent ceux d'une personne qui vous était chère? »

Elle parut éprouver encore l'une de ces émotions étranges qui mettent des larmes dans ses yeux et font trembler sa voix; néanmoins sa réponse fut négative.

« J'aime à vous regarder, dit-elle, parce que vous êtes belle et surtout bonne. »

Evidemment, ma chère, Sylvie a voulu sous ce compliment voiler sa véritable pensée. Cela m'occupe, et malgré l'inutilité de mes tentatives jusqu'ici, je renonce peu à l'obliger de me livrer son secret.

Je ne t'ai pas dit encore que M. de Beaugencé a perdu après deux années seulement de mariage une jeune femme charmante qu'il a, dit-on, amèrement regrettée, et qui lui a laissé une petite fille, âgée aujourd'hui de cinq à six ans, ange pour la beauté, démon pour les caprices et les colères fougueuses.

Cette pauvre enfant est élevée par une négresse, sa nourrice, créature sans instruction ni intelligence, et qui l'a gâtée de la manière la plus déplorable.

Mme de Rassenave, qui paraît aimer beaucoup la petite Maria, prie fréquemment M. de Beaugencé de nous l'amener. Hier encore, elle a passé la journée ici, et j'ai été témoin de l'un de ces dangereux emportements qu'on ne prend nul soin de réprimer. J'étais entrée sans bruit dans la chambre où la petite avait dormi quelques heures sous la garde de sa nourrice, et je trouvai Maria battant de toutes ses forces cette femme qui recevait les coups avec une espèce d'apathie révoltante.

Je saisis brusquement par derrière le bras de l'enfant, qui tourna aussitôt vers moi son visage décomposé par la colère ; ses beaux yeux lançaient des éclairs pendant qu'elle s'écriait en trépignant :

« Je veux la battre, pourquoi m'empêches-tu de la battre?

— Parce que c'est très-mal de frapper sa nourrice. »

Maria leva son autre bras.

— Toi aussi je te battrai, dit-elle d'un air menaçant.

Mais, sans lui laisser le temps de l'exécution, je fis deux prisonniers au lieu d'un.

En se sentant apposer ce nouvel obstacle la fureur de l'enfant ne connut plus de bornes, et j'en fus à la fois effrayée et attristée.

— Ah! la méchante petite fille, m'écriai-je avec force, le bon Dieu qu'elle offense la punira sévèrement.

Ces mots en attirant l'attention de Maria eurent le pouvoir de calmer subitement sa fureur, ce qui me prouva que la passion entrait pour peu dans cette explosion de gestes et de cris désordonnés.

— Le bon Dieu.... répéta-t-elle, qu'est-ce que c'est que le bon Dieu?

— O pauvre enfant! m'écriai-je tristement en l'entourant de mes bras, on voit bien que tu n'as pas de mère!...

— Et un père fort négligent et fort coupable, n'est-ce pas, mademoiselle? » dit M. de Beaugencé que je n'avais pas entendu et qui venait d'entrer avec Mme de Rassenave.

Je restai un peu interdite, mais ma

cousine m'évita l'embarras d'une réponse.

« Vous êtes bien sévère pour ce petit ange, Noëmi, me dit-elle.... Viens m'embrasser, ma petite Maria. »

L'enfant gâtée ne se rendit pas à cet appel; sa jolie figure était devenue pensive. Puis, s'avançant rapidement vers son père, elle dit:

« Pourquoi n'ai-je pas une mère? »

M. de Beaugencé tressaillit et prenant sa fille dans ses bras il lui donna plusieurs baisers. Il paraissait fort ému, surtout lorsque sa petite ajouta:

« Papa, je voudrais bien avoir une mère. »

M. de Beaugencé fit signe à la nourrice d'emmener sa fille. Lui-même abrégea sa visite plus que d'ordinaire, car une sorte d'embarras pénible semblait peser sur chacun de nous....

Je me disposais à fermer ma lettre,

chère Clémence, quand j'ai reçu une nouvelle que je suis heureuse de te communiquer. La fortune semble sourire à ton amie; M. de Beaugencé m'a envoyé ce matin la réponse d'un célèbre avocat qu'il a consulté et de laquelle il résulte que la justice de mes droits ne saurait être contestée. Tu apprécieras comme moi, chère amie, la noblesse du procédé de mon généreux adversaire. Je suis, crois le bien, sincèrement reconnaissante d'une conduite aussi franche, aussi loyale. Il n'a pas voulu que je conservasse l'ombre d'un doute au sujet de cette restitution en se donnant l'apparence d'un abandon volontaire.

Maintenant, Clémence, que me voilà riche, ma propriété vaut, dit-on, une quarantaine de mille francs, quel parti dois-je prendre? Retournerai-je en France? resterai-je à la Louisiane? Je me suis déjà posé plusieurs fois cette question sans jamais la résoudre. Cependant je ne tarderai pas à prendre un parti. Profiter plus longtemps de l'hospitalité de Mme de Rassenave serait une preuve d'indiscrétion dont elle aurait le droit de s'étonner.

L'affection en pareil cas rend indulgent, et je ne puis me flatter de posséder la sienne. Il est donc probable, mon amie, que ma première lettre t'annoncera mon retour. Le plaisir de te revoir dissipera sans doute les regrets de ta

NOÉMI.

DE LA MÊME A LA MÊME

25 mai.

Que n'es-tu ici, ma chère Clémence! combien j'aurais besoin des conseils de ton amitié, lorsque chaque jour me voit prendre et abandonner vingt résolutions contraires! Tantôt m'abandonnant à une amère tristesse, tout me déplait et m'irrite; je voudrais être à mille lieues de ce pays. Puis l'instant d'après je me sens gaie, indulgente, heureuse enfin. Tu vas croire que l'exemple de Mme de Rassenave m'a rendue capricieuse et fantasque; il est certain, ma chère, qu'en vivant dans l'intimité d'une personne qui a de semblables défauts, nous avons besoin de nous tenir doublement sur nos gardes pour ne point devenir à notre tour d'un commerce fort désagréable.

Je m'étais aperçue qu'Héva avait souvent les paupières rougies et gonflées par les larmes qu'elle versait sans doute en secret, ce qui me prouvait que Mme de Rassenave persistait à son égard dans ce système d'injustices et de duretés qui avait eu pour résultat d'exalter les ressentiments de la mulâtresse jusqu'au crime. Je crus donc devoir parler à celle-ci avec douceur, l'exhortant surtout à opposer à ses chagrins cette résignation chrétienne qui fait voir au delà de cette vie la récompense de ceux qui auront souffert patiemment.

Héva parut sensible à l'intérêt que je lui témoignai, et m'affirma de nouveau et de la manière la plus solennelle avoir renoncé à tous projets de vengeance. Puis elle ajouta avec amertume :

« Madame fait retomber sur moi le poids de ses colères jalouses ; je serais moins souvent maltraitée, si je voulais lui répéter à toute heure qu'elle est plus belle, plus aimable que mademoiselle.

— Vous ne devez pas vous permettre de telles suppositions, Héva, interrompis-je vivement, c'est fort mal à vous. »

Il m'a toujours semblé, Clémence, qu'il y avait une sorte de bassesse à encourager des inférieures à accuser leurs maîtres, quels que soient d'ailleurs nos propres griefs, et tout en reconnaissant nous-mêmes la vérité de ces accusations.

Il me fut difficile toutefois d'empêcher Héva de continuer, tant elle avait besoin d'épancher ses ressentiments.

« Est-ce ma faute, reprit-elle, si M. de

Beaugencé, justement effrayé du caractère de madame a renoncé au projet de l'épouser. Elle lui a trop laissé voir ses défauts pour.....

— Héva, repris-je sévèrement, il ne vous appartient pas de chercher à pénétrer de tels secrets.

— Un secret! fit la mulâtresse avec ironie, mademoiselle ne sait pas que ma maîtresse m'a cent fois fait part de ses craintes ou de ses espérances à ce sujet. »

J'étais confondue. Clémence, est-il possible qu'une femme se respecte assez peu pour faire sa confidente d'une pauvre servante que tour à tour elle gâte ou maltraite, et que la fière Mme de Rassenave se fût abaissée jusqu'à prendre Héva pour juge des sentiments de M. de Beaugencé à son égard.

« Lors même que mademoiselle ne fût

pas venue, je suis bien sûre que M. de Beaugencé avait déjà renoncé....

— Silence, Héva! m'écriai-je vivement, si vous ne voulez me mécontenter fort sérieusement. »

Et je m'éloignai aussitôt, pensant que c'était la meilleure manière de rompre cet entretien. Mais j'avais compris, Clémence, qu'il était de mon devoir de quitter sans retard la Louisiane, et je résolus d'instruire dès le jour même ma cousine de mon intention d'aller attendre à la Nouvelle-Orléans le départ d'un navire pour la France.

Je ne puis te cacher que mon cœur murmurait contre cette brusque résolution de départ; je m'étais attachée à ce pays tant aimé de mes parents, et il me semblait parfois que ma vie entière devait s'y écouler. C'était un rêve, une folie, que j'oublierai en te revoyant.

Quand je fis part à ma cousine de mon projet d'un prochain départ, il me fut aisé de lire sur sa physionomie le plaisir que lui causait une telle nouvelle, malgré les regrets de simple politesse qu'elle crut devoir manifester.

Elle se montra d'une humeur charmante le reste de la journée, et lorsque M. de Beaugencé vint, le soir, nous faire sa visite ordinaire, elle se hâta de lui apprendre qu'elle allait perdre ma société.

M. de Beaugencé parut surpris et sembla attendre de ma part la confirmation de cette nouvelle.

« Il y aurait eu de notre part une grande présomption, ajouta Mme de Rassenave d'un ton où malgré elle peut-être, perçait l'ironie, de supposer qu'une française, surtout une parisienne, pût se résigner à la vie simple et un peu monotone d'une habitation américaine. Je dois même savoir beaucoup de gré à Noémi d'être restée jusqu'à présent, lorsque sans doute ses vœux et ses affections l'appelaient vers sa véritable patrie.

M. de Beaugencé n'avait pas encore prononcé un seul mot; Mme de Rassenave l'en plaisanta gaiement en lui demandant à quoi il pensait?

« Mademoiselle de la Tour ne peut douter de mes regrets, repartit alors M. de Beaugencé en s'inclinant de mon côté; ceux qu'on exprime brièvement sont souvent les mieux sentis. »

La bonne humeur de Mme de Rassenave paraissait intarissable.

« Je ne voudrais pas, cependant, ajouta-t-elle, pour l'honneur de notre pays, que Noémi emportât d'ici l'opinion qu'on n'y jouit d'aucun plaisir. Que penseriez-vous, monsieur, d'une partie de chasse dans la forêt? n'est-ce pas un curieux spectacle pour une étrangère? »

M. de Beaugencé répondit avec distraction qu'il le croyait aussi.

« Voudriez-vous, continua ma cousine, vous charger d'organiser cette partie en y invitant quelques-uns de nos voisins. »

M. de Beaugencé s'inclina en disant:

« Je suis à vos ordres; madame.

— Eh bien, désignons le jour; mais qu'il soit assez prochain pour que Noémi ne tente pas de nous échapper auparavant. »

Cette manière de rappeler que mon départ devait s'effectuer prochainement, était parfaitement saisissable quoique enveloppée des voiles d'une affectueuse politesse.

— Un délai de cinq jours au moins m'est indispensable, répartit M. de Beaugencé.

— Qu'en dites-vous, Noémi? » fit ma cousine.

J'hésitai un instant avant de répondre, cherchant quelle excuse je pourrais alléguer pour vouloir partir immédiatement; mais il ne s'en présentait aucune à mon esprit, et je répondis que je resterais.

C'est demain que cette partie de chasse doit avoir lieu, et selon toutes les probabilités, j'arriverai à la Nouvelle-Orléans vers la fin de la semaine.

Parra exprime des regrets amers de devoir quitter de nouveau son cher pays. J'ai cru devoir lui proposer de la laisser ici, quoique cette séparation dût m'être pénible; mais alors la bonne créature s'est jetée à mes pieds en pleurant à sanglots et disant qu'elle aimerait mieux mourir que me quitter.

Héva était présente quand cette petite

scène se passa ; me regardant d'une façon étrange, elle dit à demi-voix :

« Pourquoi mademoiselle veut-elle partir ? quand elle pourrait, en restant ici, être si heureuse ! »

Je lui imposai silence. Il m'était impossible de paraître ne pas comprendre cette insinuation, et non-seulement, je n'en veux pas permettre de cette nature, mais je défends même à mon esprit de s'y arrêter.

Ne faudrait-il pas, Clémence, que je me laissasse singulièrement aveugler par l'amour-propre, pour croire un seul instant que M. de Beaugencé pût préférer une pauvre orpheline à la belle et riche Mme de Rassenave. Si ma cousine a quelques défauts, ne sont-ils pas surtout ceux de sa position et de son pays, et ne possède-t-elle pas assez d'avantages pour les racheter ?...

Le courrier part dans une heure; je lui remettrai cette lettre, la dernière sans doute que je t'adresserai d'ici. Adieu, mon amie, à bientôt ; je voudrais déjà être auprès de toi.

NOÉMI.

DE LA MÊME A LA MÊME

27 mai.

Quand il y a deux jours, je t'annonçais ma prochaine arrivée, ma chère Clémence, je ne prévoyais guère les événements qui se préparaient pour ton amie, et qui la rendent si heureuse qu'elle est presque effrayée de son bonheur. Devines-tu ce qui met ainsi mon cœur en joie, prête mille charmes nouveaux à tout ce qui m'entoure, et me montre l'avenir sous les couleurs les plus brillantes. Qu'ai-je donc fait pour mériter un tel sort? Il me semble, amie, que dans ce moment je ne suis que reconnaissance envers Dieu, affection, mansuétude. Je pourrais tout pardonner, fut-ce à mon plus grand ennemi, tout, ai-je dit..... excepté de chercher à m'enlever ce qui me rend si heureuse et si fière.

Mais tu veux des détails, n'est-ce pas, peut-être même t'impatientes-tu déjà ?

O Clémence, laisse mon âme épancher son bonheur, elle en a tant besoin! ne suis-je point forcée ici d'en comprimer sans cesse l'expression?

Cependant je veux essayer de mettre un peu d'ordre dans mes souvenirs et reporter ma pensée vers des scènes qui ont perdu aujourd'hui pour moi leur attrait.

Tu sais déjà que M. de Beaugencé, sur la demande de ma cousine, s'était chargé d'organiser une partie de chasse dans la forêt, dont son habitation est peu éloignée, ce qui l'avait fait choisir pour lieu du rendez-vous général.

Au jour fixé, ma cousine et moi nous nous mîmes en route à quatre heures du matin, dans une voiture bien close; car l'obscurité rend très-redoutables les attaques des moustiques, ce terrible fléau de nos colonies. Un nègre à cheval nous précédait, portant une torche résineuse destinée à éclairer notre marche.

Héva et Parra nous accompagnaient, car une grande dame créole ne peut se passer un instant de ses esclaves.

Le trajet se fit rapidement et dans un silence presque complet. Ma cousine dormait ou feignait de dormir. La nuit était fraîche et belle, et la lueur rougeâtre et vacillante de notre flambeau résineux prêtait je ne sais quel aspect fantastique à ces lieux que j'entrevoyais pour la première fois. Puis je me disais avec un vif serrement de cœur :

« Quelques jours encore, et j'aurais quitté, pour n'y plus revenir, la Louisiane ! »

Notre voiture s'arrêta bientôt devant une fort belle maison dont la façade était brillamment illuminée. On apercevait dans la cour des chevaux tout enharnachés et tenus en bride par des nègres dont la tâche ne paraissait pas facile. La scène ne manquait ni d'animation ni de gaieté, et des chants plus bruyants qu'harmonieux se faisaient entendre de divers côtés.

M. de Beaugencé, prévenu de notre arrivée, vint nous aider à descendre de voiture ; puis il nous introduisit dans une vaste salle où les chasseurs, voire même quelques chasseresses, étaient réunis. Mme de Rassenave s'en vit accueillie comme la reine de la fête ; mais on a si souvent brûlé de l'encens à ses pieds, qu'elle n'en paraît plus enivrée.

Le déjeuner fut servi à l'instant; on y toucha à peine. Les chasseurs avaient hâte de partir ; ils voulaient être dans la forêt avant le lever du soleil, sous peine d'être privés d'un magnifique spectacle.

M. de Beaugencé me dit alors que dans le cas où je désirerais suivre la chasse à cheval, il en avait fait seller un qui était si doux qu'il n'hésiterait pas à lui confier sa petite Maria. Je le remerciai de cette attention ; mais sachant que l'intention de Mme de Rassenave était de faire en voiture le trajet qui nous séparait de la forêt, je préférai ne la point quitter.

Quand notre cortége se mit en marche, les premières lueurs du jour commençaient à lutter contre la clarté des étoiles. Une franche gaieté animait tout le monde; de nombreux esclaves accompagnaient leurs maîtres, portant les fusils et toute espèce de provisions ; ils ne formaient pas la partie la moins joyeuse de notre cavalcade.

Trois quarts d'heure suffirent pour que nous ayons atteint la lisière de la forêt, que le soleil levant faisait paraître toute en feu. Tu ne peux te faire une juste idée, Clémence, de la sublimité d'un tel tableau. J'en étais réellement enthousiasmée, et afin de n'en perdre aucun détail, je me hâtai de mettre pied à terre.

La partie de ces immenses voûtes de feuillage placée au levant étincelait de mille feux, tandis que les autres restaient encore silencieuses et sombres ; mais l'éclatante lumière grandissait toujours, chassant devant elles les ténèbres : image de notre vie, quand la joie vient, elle aussi, chasser la douleur.

M. de Beaugencé s'approcha de nous.

« Convenez, me dit-il, que notre pays offre aussi certaines jouissances....

— Et de celles dont on ne se lasse jamais! répondis-je sous l'empire de ma vive admiration.

— Cependant, ajouta-t-il avec l'accent du reproche, vous voulez partir! La Louisiane n'est-elle pas aussi pour vous une patrie?... »

Il y eut alors un mouvement de halte générale. Presque tous les chasseurs attachèrent leur monture à des arbres, puis l'on tint conseil.

J'appris ainsi que les sangliers sont nombreux dans les forêts de cette partie de l'Amérique; on les y rencontre souvent par bandes de vingt ou trente; ce qui n'est pas toujours sans danger pour les chasseurs inexpérimentés.

J'étais, je l'avoue, beaucoup moins désireuse d'apercevoir cette espèce de gibier que les écureuils volants dont j'avais souvent entendu parler à mes parents.

Ce gentil petit animal se tient d'ordinaire sur les branches les plus hautes d'arbres fort élevés, et s'y livre à des évolutions si rapides, à des sauts si prodigieux, qu'on lui supposerait en effet des ailes.

Je m'amusais depuis quelques instants à observer ses joyeux ébats, lorsqu'un coup de fusil partit à côté de moi, et le pauvre être si joli, si inoffensif et qui paraissait si heureux de vivre, tombe mort à mes pieds.

« Ah! l'homme est cruel! » m'écriai-je involontairement.

Le créole qui venait de donner cette

preuve d'adresse me regarda d'un air surpris, tandis qu'un peu honteuse de ma ridicule exclamation, je m'empressais de détourner la tête.

Le gibier était fort abondant, ce qui facilitait singulièrement les exploits de nos chasseurs. Tous se montraient jaloux d'ailleurs de fournir leur part du plat national de la Louisiane, le *gambo*. C'est un composé de toute espèce de volailles, de gibiers, de poissons cuits dans leur jus et fortement assaisonnés de sassafras; aussi je crois qu'il arrive rarement que le plat séduise le goût d'un Européen.

Le soin de préparer le repas regardait les noirs, qui avaient allumé un immense brasier au moyen de vieilles souches de bois mort. En voyant nos cuisiniers noirs s'agiter autour de ce vaste foyer, je songeai involontairement aux diables et à l'enfer.

Les autres serviteurs s'occupaient pendant ce temps à dresser la table, c'est-à-dire à rassembler sur quelques troncs d'arbres des branches artistement enlacées, et que l'on recouvrait d'une épaisse couche de feuilles de latanier. Parra et Héva prêtaient un actif concours à cette partie de la besogne.

Quelques-unes des dames de notre société maniaient habilement le fusil et pouvaient passer à bon droit pour d'habiles chasseresses. C'est un genre de mérite que je ne leur envie pas et qui tranche singulièrement avec les nonchalances des habitudes créoles.

Ma cousine elle-même était, ce jour-là, méconnaissable; je ne l'avais jamais vue déployer autant d'énergie; aucun obstacle ne l'arrêtait, et elle riait de fort bonne grâce des petites mésaventures survenues à sa toilette, après qu'elle se fût obstinée à franchir un passage rendu presque inextricable par de folles lianes entrelacées.

Je ne crois pas, Clémence, que la nature puisse se montrer nulle part plus belle, plus imposante, plus variée que dans une forêt vierge du Nouveau-Monde. J'aurais voulu m'y trouver seule pendant quelques instants, afin de me recueillir et de prier. Mais ma cousine semblait avoir pris à tâche de me faire les honneurs de ces immenses solitudes et ne me quittait pas d'une seconde.

Nous errions donc toutes les deux un peu à l'aventure, n'ayant pour nous guider que la boussole des bois, c'est-à-dire la légère couche de mousse qui recouvre le tronc des arbres du côté du nord. Un moment vint où nous pensâmes être entièrement isolées de notre société; mais on veillait sur nous.

De charmants oiseaux, se balançant sur les longues tiges de la vigne sauvage, paraissaient s'appeler, se répondre, dans ce langage doux, harmonieux, véritable musique divine.

Notre présence ne les effarouchait nullement; il semblait que je n'eusse eu qu'à étendre la main pour faire un petit prisonnier.

« Ne pensez-vous pas, Noëmi, dit en riant Mme de Rassenave, qu'il est dommage que nos chasseurs ne soient pas venus de ce côté? ils pourraient faire coup double et même triple.

— Mais nous ne les avertirons pas, répliquai-je du même ton, dût leur carnassière rester vide jusqu'à la fin du jour,

— Vous avez le cœur trop sensible, ma chère, ajouta ma cousine avec ironie; c'est là un défaut dont je vous engage à vous corriger.

Je laissai passer cette raillerie sans répliquer. Tout en devisant ainsi, nous continuions d'avancer avec plus de témérité que de prudence, lorsque je m'arrêtai tout à coup, surprise par un bruit étrange qui venait s'ajouter aux mille bruits de la forêt.

« Ne croirait-on pas, m'écriai-je, entendre les joyeuses castagnettes dont s'accompagnent les danses espagnoles. Ecoutez, ma cousine, » ajoutai-je en faisant de la main un geste pour que Mme de Rassenave s'arrêtât.

Ces mots en apparence si simples produisirent sur ma compagne un effet foudroyant. L'expression de sa physionomie changea avec une incroyable rapidité; sa gaieté fit place à la terreur; une pâleur livide décomposa ses traits, et elle porta tout autour d'elle un regard qui glaça mon cœur, tant il décelait l'épouvante.

« Qu'y a-t-il? au nom du ciel! » fis-je en joignant les mains.

Je n'obtins aucune réponse; mais au même instant le bruit que, dans mon ignorance, j'avais comparé à celui produit par des castagnettes, se rapprocha sensiblement, et je vis s'élever au-dessus d'une touffe de hautes herbes, distante à peine de dix pas, la tête hideuse d'un serpent à sonnettes.

Ce que j'éprouvai dans ce moment, Clémence, je ne puis le décrire : mon cœur cessa de battre, on eût dit qu'une paralysie subite me rendait incapable de tout mouvement. Puis il me semblait que l'immobilité seule avait le pouvoir de conjurer un danger terrible, d'empêcher enfin l'affreux reptile de s'élancer sur moi. Je ne te dirai pas ce que dura cette mortelle angoisse; je n'étais pas en état de mesurer le temps exactement.

Le véritable sentiment de ma situation ne me fut rendu qu'en me sentant tout à coup rapidement entraînée en arrière.

M. de Beaugencé nous avait toujours suivis, quoique nous ne nous en fussions pas aperçus; et sans son heureuse intervention, j'aurais sans doute succombé à l'affreux péril dont j'étais menacée, car c'était moi qui étais la plus rapprochée du serpent.

Quand nous nous arrêtâmes après trois ou quatre minutes de cette course rapide, mes genoux fléchissaient sous moi, et je fus contrainte de m'asseoir.

A peine pus-je articuler ces mots:

« Ah! merci, monsieur! sans vous j'étais perdue! »

Il répondit:

« Je rendrai éternellement grâces à la Providence, qui a permis que j'arrivasse à temps, après m'avoir donné le pressentiment du danger que vous couriez. »

Alors une pensée subite me fit m'écrier en joignant les mains :

« Et ma cousine! grand Dieu! que sera-t-elle devenue ? »

M. de Beaugencé se frappa le front.

« Pauvre femme ! fit-il, je l'oubliais.... »

Puis il ajouta en me quittant :

« Priez Dieu, mademoiselle, qu'il ne soit pas trop tard. »

Je me jetai à genoux, je levai les yeux et les mains vers le ciel de qui émanent tous secours, et de mon cœur, si ce n'est de mes lèvres, s'échappèrent d'ardentes supplications pour Mme de Rassenave; elle eût été ma sœur, mon amie la plus chère, que mes prières n'auraient pas été plus ferventes.

M. de Beaugencé tarda peu à reparaître; il ramenait ma cousine privée de sentiment.

Je la crus morte et ne pus retenir un sentiment douloureux.

« Rassurez-vous, me dit-il, elle vit; le serpent avait disparu, et j'espère que la terreur seule a causé cet évanouissement.

En effet, Mme de Rassenave tarda peu à rouvrir les yeux, et nous apprîmes plus tard que ce n'avait été qu'après la fuite de notre terrible ennemi qu'elle avait senti ses forces l'abandonner.

Je n'oublierai de ma vie le premier regard que jeta sur moi ma cousine en revenant à la vie; je compris que j'avais désormais en elle une ennemie mortelle.

Mme de Rassenave manifesta le désir de retourner immédiatement chez elle; mais comme elle ajouta qu'il lui était impossible de marcher, il fut convenu qu'on formerait à la hâte un espèce de siége avec des branches entrelacées et couvertes de mousse, que les nègres portèrent jusqu'à la lisière de la forêt où stationnait notre voiture.

M. de Beaugencé nous quitta aussitôt pour donner les ordres nécessaires, et nous demeurâmes seules.

J'aurais voulu parler; il semblait que notre récent danger fournît un sujet naturel et facile; mais je cherchai vainement le premier mot, et un trouble insurmontable me faisait garder le silence.

Quant à Mme de Rassenave, elle semblait éviter même de me regarder. Sa main avait cueilli machinalement une petite branche de tulipier qu'elle tortillait d'une façon convulsive.

Ainsi, Clémence, ingrates toutes les deux envers la Bonté céleste qui nous avait protégées, nous laissions s'égarer nos pensées sur un autre sujet que celui d'une juste reconnaissance !

Heureusement notre tête-à-tête fut de peu de durée, et nous vîmes bientôt accourir les personnes que M. de Beaugencé avait eu le temps de prévenir de notre récent péril.

Ma cousine répondit d'une manière fort brève aux chaleureuses félicitations qui lui étaient adressées, se refusant à donner aucun détail, sous le prétexte que le seul souvenir de ce moment terrible lui était insoutenable.

Je ne revis M. de Beaugencé qu'au moment où il nous aida à monter en voiture.

Ma cousine venait de se placer, quand il me dit en s'inclinant :

« Permettez-moi, mademoiselle, de vous écrire... demain.

Cette lettre, Clémence, je l'attends, et

la seule pensée de ce que je puis y trouver m'agite profondément.

A toi donc aussi, mon amie, je dis aussi à demain.

NOÉMI.

DE LA MÊME A LA MÊME

29 mai.

Toutes mes espérances se trouvent dépassées, ma chère Clémence! le plus heureux avenir s'ouvre devant ton amie, qui n'ose croire à son bonheur, tant elle en a eu peu jusqu'ici l'habitude.

J'avais passé une nuit fort agitée, pendant laquelle les scènes du jour précédent m'étaient sans cesse présentes, soit dans la veille, soit dans le sommeil.

Héva entre de grand matin dans ma chambre; elle tient une lettre qu'elle me remet en disant :

« Jean, le valet de chambre de M. de

Beaugencé, est venu apporter cette lettre pour mademoiselle; il a dû faire la route au galop, car son cheval était ruisselant de sueur. »

Je pris cette lettre d'une main tremblante, et, le croiras-tu? je demeurai quelques instants avant d'oser l'ouvrir, car je me disais que ces lignes renfermaient probablement le secret de ma destinée. J'étais seule cependant. Aussitôt après avoir rempli son message, Héva avait eu la discrétion de se retirer. Enfin je brisai le cachet, et parcourus d'abord rapidement cette lettre, dont je ne puis te donner ici qu'une analyse incomplète; aussi ne saurais-tu bien apprécier les sentiments nobles et délicats qui y sont exprimés.

M. de Beaugencé commence par me demander si je me sens la force de sacrifier à la vive et profonde affection que je lui ai inspirée mes sympathies pour la France. Il n'a d'autre dédommagement à m'offrir pour un tel sacrifice que la certitude de faire ici beaucoup de bien, tout en le rendant, lui, l'homme le plus heureux. « Il est des cœurs, ajoute-t-il, qui jouissent surtout de la félicité qu'ils procurent aux autres; je suis convaincu que le vôtre est de ce nombre. Le bien que vous pourriez faire ici comme maîtresse d'une vaste exploitation est incalculable. N'y a-t-il pas dans cette certitude de quoi tenter une noble ambition et nous réconcilier avec les regrets de l'exil? »

Puis il m'implore au nom de sa chère petite Maria, de cette pauvre enfant que je puis arracher aux suites funestes d'une mauvaise éducation. Enfin il termine son invocation par ces mots : « Vous êtes la seule femme qui me paraissiez pouvoir remplacer dignement la mère qu'elle a perdue. »

Ainsi, tu le vois, Clémence, moi, la triste orpheline à qui l'on offre protection généreuse, affection noble et désintéressée, position magnifique, c'est-à-dire tout ce qui peut satisfaire les vœux du cœur et de l'ambition, je ne dois pas me considérer comme l'obligée ; et M. de Beaugencé, avec une délicatesse bien rare, s'efforce de détruire à l'avance les justes scrupules que pourrait m'inspirer l'infériorité de ma position. Comment, amie, ne pas apprécier de tels procédés? comment n'y pas répondre par un attachement profond joint à une vive reconnaissance?

M. de Beaugencé termine cette lettre en me disant que j'ai pu entendre parler vaguement d'un projet de mariage qui a existé, il est vrai, entre Mme de Rassenave et lui ; afin de rassurer complètement ma délicatesse sur ce point, il croît devoir m'informer que depuis un an déjà ma cousine et lui, mieux éclairés sur leurs véritables sentiments, et reconnaissant d'un commun accord que cette union ne les rendrait pas heureux, y avaient complètement renoncé pour rester simplement amis.

J'étais tellement absorbée par ma lecture ou plutôt par les réflexions qu'elle faisait naître dans mon esprit, que je ne m'étais pas aperçue de l'arrivée de ma cousine, et sa présence ne me fut révélée que lorsqu'elle me demanda quelle était l'intéressante lecture qui m'occupait aussi exclusivement.

Je compris parfaitement au ton de Mme de Rassenave, qu'il me restait peu de chose à lui apprendre. Puis je me dis que si elle se croyait en droit de m'accuser de quelque odieux manége de coquetterie, la lettre de M. de Beaugencé me disculpait complètement sur ce point; et après un court instant d'hésitation, je la lui présentai.

Tu dois comprendre, Clémence, combien d'ailleurs j'étais soulagée par cette pensée, que depuis un an déjà elle avait renoncé elle-même à devenir la femme de M. de Beaugencé, sans que je fusse pour rien dans cette rupture.

Pendant que Mme de Rassenave lisait, je ne cherchai pas à lire sur sa physionomie les sensations qui pouvaient l'agiter: j'aurais cru, en agissant différemment, me rendre coupable d'une véritable indélicatesse. J'attendais néanmoins, avec une certaine inquiétude, les premières paroles qu'elle allait prononcer, et je fus surprise et charmée, quand elle me dit avec un grand calme:

« Comme étant votre parente et votre amie, je crois devoir vous donner un conseil, Noémi : ne répondez pas immédiatement à la proposition que renferme cette lettre ; prenez le temps de réfléchir, et vous éviterez ainsi les regrets souvent amers d'avoir disposé légèrement de votre destinée. Je comprends l'éblouissement de la brillante perspective qui s'ouvre inopinément devant vous ; mais la fortune, croyez-moi, ne suffit pas toute seule à faire le bonheur, et vous ne seriez pas la première jeune fille qui se fût laissée égarer par les fumées de l'ambition, quand il s'agit du choix d'un époux. »

Je remerciai Mme de Rassenave de ses conseils que je voulais voir dictés par l'amitié, mais sans lui dire l'usage que je comptais en faire. Le calme qu'elle avait montré d'abord l'abandonnant bientôt, elle ajouta :

« Vous n'avez pas d'affection pour M. de Beaugencé, votre projet de départ en offre la preuve certaine, à moins toutefois qu'il ne fût une feinte pour l'engager à se déclarer.

Je me sentis rougir sous le double effet de l'indignation et de la douleur.

« D'ailleurs, poursuivit ma cousine qui ne cherchait plus à contenir l'expression de son amer ressentiment, est-ce qu'elles savent aimer, les froides poupées d'Europe?

— Elles savent du moins se taire, madame, répliquai-je, quand la passion pourrait les rendre injustes et cruelles. »

Mme de Rassenave se mordit les lèvres jusqu'au sang.

« Enfin quels sont vos projets? si toutefois vous avez assez de franchise pour les avouer....

— Mes projets, madame, sont de

suivre les inspirations de mon cœur, qu'approuve d'ailleurs ma raison, d'accepter avec une profonde reconnaissance la généreuse affection qui m'est offerte, de faire tous mes efforts pour m'en rendre digne, de rendre enfin aussi heureux qu'il me sera possible celui qui m'a choisie orpheline et pauvre quand tant d'autres m'eussent dédaignée.

— Soit, ajouta brusquement Mme de Rassenave, vous connaissez à merveille votre rôle.

— Hélas ! madame, m'écriai-je ayant peine à retenir mes larmes, vous avez oublié, vous, celui que vous imposaient les devoirs de la parenté et de l'hospitalité ! »

Ce reproche, que je crois mérité, parut rappeler ma cousine à elle-même. Après un moment de silence, elle ajouta :

« Peut-être ai-je eu tort, Noémi; mais

vous excuserez cet emportement, en vous rappelant que je ne sais pas supporter la contradiction. Oubliez donc l'amertume de mes paroles.... et restons amies. »

Ce retour est-il sincère, Clémence? je voudrais le croire. D'ailleurs, tu le sais, le bonheur nous rend l'indulgence facile. Il se peut aussi que cette rupture dont parle M. de Beaugencé ait été de la part de ma cousine une œuvre de nécessité plutôt que de conviction. Elle combattit si énergiquement mon dessein de partir immédiatement avec Parra pour la Nouvelle-Orléans, que je dus y renoncer.

Depuis ces orageux entretiens nos relations sont, simon amicales, ce qui serait des deux parts une indigne fausseté, du moins froidement polies.

M. de Beaugencé vint dans le courant de la journée, ne pouvant, me dit-il, commander plus longtemps à son impatience et voulant à tout prix connaître son sort.

Je lui remis, avec une émotion que tu dois comprendre, la réponse que je me disposais à lui envoyer; et pendant qu'il la décachetait, je me hâtai de quitter le salon....

Il m'a bien fallu toutefois le revoir le lendemain et recevoir ses remerciements exprimés en termes trop flatteurs pour ton amie. Il m'a juré, Clémence, que je serai heureuse, et mon cœur me le dit aussi.

Un jour assez prochain a été fixé pour notre mariage. Je n'eusse pas cédé sur ce point, si ma position chez Mme de Rassenave eût été moins pénible.

O Clémence, se peut-il que tout cela ne soit pas un rêve? Quelle reconnaissance je dois à Dieu, qui m'a si ouvertement protégée! Et cependant il me semble, amie, que je n'étais pas digne d'un bonheur si parfait!...

Adieu, chère compagne de mon enfance et de ma jeunesse! pense toujours à celle que la fortune ne rendra ni oublieuse ni ingrate envers notre longue amitié, et qui sera toujours ta

NOÉMI.

DE LA MÊME A LA MÊME

15 juin.

J'ai été frappée par un coup si terrible, ma chère Clémence, au moment même où je me croyais au comble du bonheur, que brisée, anéantie, il ne me reste plus de force que pour souffrir. J'avais rêvé toute une vie de félicité parfaite; je me suis réveillée en face d'un abîme de douleurs!...

La plus aiguë, celle qui me torture sans relâche, vient de cette pensée que l'homme qui m'avait placée si haut dans son estime et son affection, celui à qui ma destinée est attachée d'une manière irrévocable, se croit en droit de me haïr et de me mépriser !

Qu'ai-je donc fait pour déchoir ainsi? vas-tu me demander : de quel crime me suis-je rendue coupable ? Rassure-toi, Clémence, ma conscience est pure, et je n'ai pas mérité mon malheur. Victime d'un préjugé aussi cruel qu'injuste, je puis être abreuvée de chagrins, mais du moins on ne me fera pas rougir.

Les insensés ! ils m'accusent, amie, d'une odieuse dissimulation, quand je donnerais ma vie pour avoir connu plus tôt le triste secret de mon origine. Serais-je venue dans ce pays, si j'avais pu prévoir qu'elle m'y exposât à un insultant mépris? Oui, Clémence, voilà ce qu'on m'impute à crime : j'appartiens par ma mère à cette pauvre race noire proscrite et opprimée. T'en serais-tu doutée, toi qui, au temps de notre heureuse adolescence, enviais en riant la blancheur de mon teint? Aurais-tu deviné que ta compagne chérie avait dans les veines quelques gouttes de sang africain? que cela suffirait un jour pour la rendre odieuse à l'homme qui lui avait donné son nom et dont l'affection s'était montrée jusque-là si grande et si généreuse? Eh bien! tel est pourtant aujourd'hui mon sort.

La jalouse haine de Mme de Rassenave a tout calculé, tout conduit. J'avais fait moi-même naître les premiers soupçons dans son esprit en lui apprenant que ma mère était née à la Louisiane, et c'est en employant tour à tour la ruse et la menace qu'elle a su arracher à Parra toute la vérité.

Oh! par quelle imprévoyante tendresse m'a-t-on fait à moi un mystère de cette tache originelle, qu'un coup de foudre devait me révéler?

N'espère pas, mon amie, que je puisse mettre de l'ordre dans le récit des faits qui se sont accomplis depuis quelques jours ; il me faudrait, pour remplir cette pénible tâche, un calme, une présence d'esprit dont je suis bien éloignée. Comment d'ailleurs revenir sur le temps qui a précédé ce fatal mariage ? Parle-t-on de douces espérances, d'avenir heureux et brillant, quand on a la mort dans le cœur ?...

Je ne te dirai donc rien de l'auguste cérémonie qui m'unit à M. de Beaugencé, de ses assurances d'éternelle tendresse, qui devaient, hélas ! sitôt se démentir, pour en venir sur-le-champ à la scène terrible qui eut lieu quelques heures plus tard.

En dépit de toutes mes protestations, Mme de Rassenave avait voulu réunir dans un grand repas tous les amis de M. de

Beaugencé et les siens. Les motifs de cette insistance devaient bientôt m'être révélés.

Oh ! cette scène, Clémence, elle ne s'effacera jamais de ma mémoire ! Les convives, dispersés çà et là dans le salon, causaient gaiement entre eux, et de joyeux éclats de rire se faisaient fréquemment entendre. M. de Beaugencé, assis à côté de moi, m'entretenait à demi-voix de charmants projets d'avenir, et heureuse, confiante, je l'écoutais, le sourire sur les lèvres et la joie dans le cœur. La petite Maria, assise sur mes genoux, défaisait et refaisait à sa fantaisie ma couronne de mariée, se parant elle-même des fleurs d'oranger qu'elle replaçait ensuite dans mes cheveux. Ce jeu lui paraissait si attrayant qu'elle payait ma complaisance par de fréquents baisers.

Mme de Rassenave nous avait quittés de quelques instants, lorsque nous la vîmes ouvrir brusquement la porte du salon, et entrer, suivie de Sylvie, qui paraissait fort troublée.

Un sourire cruel se lisait sur les lèvres de ma cousine; elle s'approche de nous, et s'adressant à M. de Beaugencé d'une voix éclatante qui retentit dans toutes les parties du salon et domine aussitôt le bruit des conversations particulières :

« J'ai cru, monsieur, dit-elle, qu'il vous serait agréable dans un si beau jour, de connaître la plus proche parente de votre femme, et j'ai décidé Sylvie à me suivre ici, quoiqu'elle ait essayé d'abord de décliner un tel honneur. »

Puis se tournant vers moi, elle ajouta :

« Noémi, présentez donc votre grand'-mère à M. de Beaugencé. »

La foudre éclatant tout à coup au milieu de ce salon n'aurait pas produit un effet plus terrible sur toutes les personnes qui s'y trouvaient réunies.

Je me sentis moi-même frappée au cœur; car j'avais compris qu'aux yeux de tous ces fiers créoles, je venais de tomber plus bas que la dernière mendiante appartenant à la race blanche. Puis j'entendais le bruit de la respiration haletante de M. de Beaugencé qui, saisissant brusquement ma main, me dit :

« Est-ce vrai?.... répondez?.... répondez?.... »

Un nuage passa sur ma vue, et comme je demeurais muette, anéantie, M. de Beaugencé ajouta :

« Mais disculpez-vous donc! si cela vous est impossible, ne comprenez-vous pas que pour moi ce doute seul est horrible?

— Comment, monsieur, vous doutez encore? » repartit Mme de Rassenave avec une amère ironie.

Je pus seulement murmurer :

« J'avais toujours ignoré.... Oh! je le jure, j'ignorais.....

— La ruse est grossière, ajouta ma cousine; à qui espérez-vous faire accroire que vos parents vous eussent laissé ignorer votre noble origine? »

Alors Sylvie, prenant pour la première fois la parole, dit en pleurant :

« Oh! madame, pourquoi m'avoir dit qu'elle savait tout, que c'était elle qui m'appelait? »

M. de Beaugencé présentait la vivante image du désespoir. Je n'oublierai de ma vie l'expression du regard qu'il attacha alors sur moi. O Clémence, il est des blessures dont on devrait pouvoir mourir sur l'heure.

L'un des témoins de notre fatal mariage s'approcha alors, et tendant la main à son ami, il dit :

« Voyons, Beaugencé, du courage ! supportez ce coup en homme de cœur. Peut-être d'ailleurs le mal n'est-il pas sans remède. »

Mais lui, sans paraître entendre même ces paroles, répéta plusieurs fois :

« Trompé indignement ! et par elle ! Puis déshonoré, perdu aux yeux de tous !.... »

Comprends-tu, Clémence, ce que je devais souffrir ! Ah ! je ne crois pas qu'il y ait de torture plus cruelle que celle que j'éprouvais dans ce moment. Tout m'accusait, et je ne pouvais même invoquer à l'appui de mon innocence le témoignage de la pauvre femme qui pleurait à côté de moi, car on eût refusé de l'admettre. Parmi les créoles dont la politesse, quelques instants auparavant, touchait à l'obséquiosité, j'eusse vainement cherché la moindre marque de sympathie; quelques-uns même ne prenaient nulle peine pour dissimuler leur mépris. Sous le poids de toutes ces accusations injustes, ma fierté se révolta enfin, et je levai la tête. M'adressant alors à M. de Beaugencé,

« Que Mme de Rassenave, dis-je, m'accuse d'une odieuse dissimulation, cela se comprend, elle juge de mes sentiments d'après les siens..... Mais j'aurais cru, monsieur, pouvoir compter sur votre propre loyauté pour répondre de la mienne. »

M. de Beaugencé détourna la tête. Ce fut sa seule réponse. Et cependant, Clémence, j'avais cru ne pouvoir souffrir davantage!

Son ami vint alors le prendre par le

bras, et lui parla à demi-voix avec chaleur, tout en cherchant à l'entraîner. Je compris seulement ces mots :

« Nous mettrons tout en œuvre pour briser ce nœud fatal.

— Ma bonne Sylvie, repartit alors Mme de Rassenave d'un air de fausse commisération, vous deviez vous attendre à un autre accueil de la part de votre petite-fille, et moi à plus de reconnaissance pour avoir laissé son mariage s'accomplir.

— Oh ! si j'avais connu la vérité, répondit la pauvre femme, vous m'eussiez tuée plutôt que de m'entraîner ici ! »

Je pris sa main que je pressai entre les miennes.

« Pardonnez-moi, lui dis-je.... je souffre tant !

— Votre orgueil méritait cette humiliation, ajouta Mme de Rassenave.

— Je suis profondément malheureuse, repris-je, mais pourquoi serais-je humiliée? Ma mère, dont je bénis chaque jour la mémoire, était aussi recommandable par les qualités du cœur que par celles de l'esprit; loin de rougir de nos liens, sachez que je m'en glorifie. Vos injustes préjugés ne sauraient dégrader ni elle ni moi. »

Ces paroles parurent sans doute d'une hardiesse inouïe dans une société de créoles, car elles soulevèrent un murmure général. Mais ces vaines clameurs m'importaient peu; mon cœur débordait de douleur et d'indignation, tandis que mes yeux n'avaient pas une larme.

« Plus de retenue conviendrait à votre situation, ajouta encore ma cousine de ce ton railleur qui en pareil cas est le pire des outrages.

— On a perdu le droit de faire entendre des conseils, madame, répliquai-je avec force, quand on a odieusement préparé la scène qui se passe ici, quand, pour satisfaire une jalouse haine, on donne en spectacle les souffrances d'une parente à qui l'on devait du moins les égards du sang et de l'hospitalité. C'est à vous ici de rougir, car votre conduite vous place au-dessous de moi. »

Mme de Rassenave demeura un instant muette, atterrée, soit par l'effet de sa colère, soit que sa conscience lui dît que j'avais frappé juste. Il se fit un moment de complet silence qui me prouva que malgré toutes les préventions dont j'étais l'objet, on commençait à juger comme elle le méritait la conduite de ma cousine dans cette déplorable circonstance. M. de Beaugencé avait là des amis qui comprenaient que Mme de Rassenave avait voulu exercer une double vengeance.

Je sentis bientôt s'évanouir la force factice que prête le désespoir, et m'adressant à ma grand'mère, je lui dis :

« Emmenez-moi à l'instant, je vous en conjure, l'air qu'on respire ici me tue...... Vous êtes la seule parente que je reconnaisse, emmenez-moi, emmenez-moi. »

Je ne puis te dire exactement, Clémence, ce qui se passa alors, car je n'en ai conservé que le souvenir confus d'un rêve fiévreux.

Il paraît que j'insistai si fortement pour partir sans délai, que mon aïeule désolée se vit contrainte de céder à ce désir. Quand je l'ai interrogée depuis sur ce qui s'est passé au moment de mon départ, elle n'a pu me donner aucun détail, car elle était uniquement occupée de moi.

Il paraît qu'aidée par Parra, elle me

conduisit d'abord dans ma chambre, afin de changer, contre une autre plus simple, ma toilette de mariée, que je mis moi-même en pièces dans mon empressement à m'en débarrasser. Puis je quittai pour toujours l'habitation de Mme de Rassenave. Plût à Dieu que je n'en eusse jamais passé le seuil!

Il y a maintenant deux jours que ces faits se sont passés et que je suis installée dans la modeste demeure de ma grand'mère. Ses soins, son dévouement affectueux me touchent profondément; ils ont un peu diminué la violence de mon chagrin: j'ai pu du moins prier et pleurer.

Avec ce tact du cœur qui est le plus sûr et le plus délicat, la pauvre femme a compris que le meilleur moyen de m'arracher au sentiment de mes douleurs était de m'entretenir de ma mère, de sa jeunesse, du regret amer que leur avait fait éprouver une séparation rendue indispensable par son mariage avec un homme qui appartenait à l'une des plus grandes familles de la Louisiane. Oh! comme je comprends bien maintenant la vive et profonde affection que lui inspirait mon père, sa reconnaissance pour les sacrifices qu'il lui avait faits!

Je voudrais déjà, Clémence, être à mille lieues d'ici; mais on me dit que je suis trop malade pour partir immédiatement, et il m'a fallu céder aux prières et aux larmes de ma bonne aïeule en lui promettant d'attendre huit jours.

Me sentant un peu fatiguée, j'ai dû cesser de t'écrire, ma chère amie, remettant à demain de te dire adieu, en t'envoyant par avance mes plus tendres embrassements. Afin de me distraire un peu de mes sombres pensées, je lus quelques lettres adressées autrefois par ma mère à ma bonne aïeule, et dans l'une desquelles se trouve le passage suivant, que je lus avec une émotion qu'il te sera facile de comprendre :

« Edouard a voulu que ma chère Noémi ignorât toujours les motifs de notre exil ; je me suis soumise à une volonté sacrée pour moi ; mais j'y ai trouvé la preuve que mon mari, malgré l'attachement constant dont il m'a donné de nombreuses marques, n'a jamais pu oublier entièrement ma tache originelle. Le fatal préjugé est encore puissant sur son esprit, et sans se rendre peut-être un compte bien exact du sentiment qui le fait agir, il veut cacher même à notre enfant que sa mère appartenait à une race méprisée. »

Mon premier mouvement après avoir

lu ces lignes, Clémence, fut de remercier Dieu dans toute l'affection de mon âme, car elles étaient pour moi une éclatante justification. On ne pouvait nier l'authenticité de cette lettre, antérieure de quelques mois seulement à la mort de ma pauvre mère, et qui porte le timbre de la France.

M. de Beaugencé pourra encore maudire nos liens, mais il aura perdu le droit de m'accuser d'une coupable dissimulation. Je puis me résigner au malheur, amie, mais je ne veux pas de la honte d'une faute que je n'ai pas commise.

Sans ajouter un seul mot à cette preuve significative de mon innocence, j'ai chargé ma grand'mère de l'envoyer à M. de Beaugencé aussitôt après mon départ.

Maintenant je suis calme; ma souffrance a perdu sa plus grande amertume ; je crois qu'il n'existe pas de malheur complet quand nous sommes en paix avec notre conscience. Je remercie Dieu de m'avoir laissé cette suprême consolation.

S'il faut s'en rapporter aux dires d'Héva, l'esprit de Mme de Rassenave est en proie à une surexcitation qui va jusqu'à altérer sa santé : les fruits de la vengeance sont parfois amers pour ceux-là même qui les ont fait éclore. Elle doit partir demain pour la Nouvelle-Orléans. Je tiens ces détails de Parra, qui a rencontré hier la mulâtresse.

Au revoir, ma bien chère amie ! je sais d'avance combien ton cœur sympathisera à toutes les douleurs de ta

NOÉMI.

—

DE LA MÊME A LA MÊME

30 juin.

J'allais partir, ma chère Clémence, ma grand'mère avait déjà reçu mes adieux; mais, sans pouvoir se résoudre à m'adresser les siens, elle inventait sans cesse quelque nouveau prétexte pour me retenir; cependant la voiture qui devait me conduire avec Parra à la Nouvelle-Orléans attendait depuis une heure à la porte; tout nouveau délai devenait impossible. L'agitation de ma bonne aïeule allait sans cesse en augmentant : tantôt elle s'approchait de moi, prenait mes mains qu'elle pressait tendrement entre les siennes; puis elle me quittait pour s'approcher de la croisée et regarder au dehors d'un air de vive anxiété.

Quoique fortement impressionnée moi-même de cette prochaine séparation, je remarquai avec surprise une conduite si opposée au calme ordinaire de mon aïeule, et qui trahissait un trouble, une inquiétude portée à l'excès.

Tout à coup je la vois tressaillir, une exclamation étouffée lui échappe, elle s'élance vers la porte. J'entends au même instant le bruit d'un cheval lancé au galop; puis ce bruit cesse brusquement. On s'est arrêté devant notre petite maison, la porte s'ouvre, M. de Beaugencé paraît.

Pourquoi te cacherais-je, Clémence, que ma première impression fut toute de joie. Songe que j'avais cru ne le revoir jamais !

Aussi émus l'un que l'autre, nous nous regardâmes en silence pendant un instant; puis M. de Beaugencé me tendit une lettre que je reconnus aussitôt pour celle que j'avais chargé ma grand'mère de lui envoyer après mon départ. Je me sentis rougir, et mes yeux s'attachèrent sur elle avec une expression de reproche; aussi ma bonne aïeule me dit d'une voix suppliante :

« Je me suis trompée d'un jour, mon enfant.

— Noémi, dit à son tour, M. de Beaugencé, j'ai été injuste, mais pardonnez-moi. »

Il m'eût été impossible d'articuler un mot, je me bornai à incliner un peu la tête en prenant la lettre que M. de Beaugencé me présentait.

Il continua :

« Vous aviez compris, n'est-ce pas,

que ce qui faisait mon plus grand supplice était de douter de votre loyauté?

— Croyez bien, monsieur, dis-je enfin, que je voulais que cette justification suivît mon départ.

— Pourquoi la différer, quand elle devait délivrer mon cœur d'un poids affreux. »

J'essayai de me défendre, Clémence, contre la joie que m'inspiraient ces paroles, en me disant qu'elles ne comblaient pas l'abîme qui me séparait de M. de Beaugencé.

« Dans quelques jours, continuai-je, j'aurais quitté pour jamais la Louisiane.

— Noémi, vous ne partirez pas seule pour la France. »

Une sensation délicieuse, une satisfaction indicible remplit alors mon âme. Je vis se dérouler devant mes regards éblouis toute une longue perspective de bonheur : j'allais habiter la France avec mon époux : nous y vivrions uniquement l'un pour l'autre ; heureux de notre affection mutuelle, estimés, honorés par tous.

« Ainsi, demandai-je d'une voix qui trahissait ma profonde émotion, vous quitterez pour moi votre pays, votre belle habitation, vos amis ?...

— J'y suis fortement résolu, quoique je ne sache encore si je vendrai mes propriétés ou s'il est préférable de les confier à un régisseur.. Le seul point bien arrêté dans mon esprit, c'est que nous partons ensemble.

Hélas, Clémence ! toute ma joie s'était déjà évanouïe quand j'ajoutai :

« Et je vous verrai peut-être succomber comme mon père sous le poids des amers regrets de l'exil !

— Non, non, ne le croyez pas.

— Et si les devoirs que vous remplissez noblement comme maître d'une vaste exploitation allaient être négligés par un subalterne insouciant ou rapace, trois cents pauvres créatures humaines, à qui vous rendez du moins l'esclavage supportable, se verraient réduites au désespoir! »

M. de Beaugencé ne put entièrement dissimuler l'impression pénible produite sur son esprit par cet argument.

« Vous allez changer brusquement toutes vos habitudes, poursuivis-je, vous condamnant, dans l'âge de l'activité, à un repos aussi nuisible à votre bonheur qu'à vos intérêts. Votre fortune, qui est aussi celle de Maria, ira sans cesse en s'amoindrissant, et peut-être en arriverez vous aussi, comme mon pauvre père, à une ruine complète..... Je ne mérite pas de tels sacrifices et ne saurais les accepter.

— Si vous m'aviez aimé, reprit douloureusement M. de Beaugencé, vous n'eussiez pas fait tous ces calculs, auxquels la raison a plus de part que le cœur.

— C'est-à-dire que j'aurais confondu l'égoïsme avec l'affection.

— Non, vous auriez senti comme moi qu'une séparation est le plus cruel des malheurs, le seul que je ne me sente pas le courage de supporter. »

En entendant une telle déclaration, Clémence, il me sembla que je pouvais tout souffrir, ma force devenait invincible.

« Mais je puis rester, moi! m'écriai-je, où est la loi qui m'oblige à partir? »

M. de Beaugencé tressaillit.

« C'est mille fois plus qu'une loi, chère Noémi, me dit-il, c'est un préjugé inhérent à notre société créole; et il a fallu toute la force de ma tendresse pour pouvoir en triompher moi-même.

— Et si je me sens la force de le braver ?

— C'est que vous ne savez pas à quelles épreuves vous seriez exposée.

— La lutte ne m'effraie point. Oh! ce n'est pas une vaine témérité, croyez-le bien. Il appartient aux hommes qui ont, comme vous, le puissant ascendant du caractère et de la fortune, d'attaquer un préjugé inique et d'en être vainqueur.

— Mais ce sera une lutte incessante dans laquelle votre courage devra nécessairement succomber.

— J'aurai pour me soutenir le secours de Dieu, la justice et mon bon droit

— Et si on allait jusqu'à l'outrage?

— Je le regarderais de si haut, qu'il ne saurait m'atteindre.

— Et vous croyez que moi, je pourrais demeurer impassible, si l'on vous insultait?

— Vous pardonnerez à l'insulteur comme je lui pardonnerai moi-même. D'ailleurs il ne s'agit pas pour nous d'aller solliciter la société lousianaise, afin qu'elle m'ouvre ses rangs et me permette d'assister à ses fêtes, de partager ses plaisirs ; mon ambition ne va pas si loin, ou, si vous le préférez, ma fierté me met à l'abri d'un tel désir. Quant à ceux de vos amis qui viendront sous notre toit, ils sauront, je l'espère, respecter votre femme. Presque toujours on parvient à maîtriser le danger quand on le regarde en face. Puis votre belle habitation sera mon univers, je saurai y concentrer tous les éléments de bonheur que je demande à Dieu. »

M. de Beaugencé prit mes mains qu'il pressa avec tendresse.

« Vous l'emportez, ma vaillante Noémi, me dit-il, disposez de ma volonté, de mon sort, et je ratifie d'avance tout ce que vous ferez. »

Que te dirai-je encore, mon amie? j'ai accepté avec une joie sans mélange cette mission qui me rend l'arbitre de notre destinée; et j'espère faire à mon mari une existence si douce, si heureuse, qu'il n'ait jamais lieu de se repentir de sa confiance.

Il y a maintenant deux jours que je suis chez moi, et il me semble déjà, charmante illusion, si c'en est une, que tout le monde m'aime.

Nos pauvres noirs, comme s'ils avaient le pressentiment de tout le bien que je veux leur faire, me saluent de leurs mots et de leurs regards les plus affectueux. O mon Dieu, rendez-moi digne de la mission à laquelle vous m'avez appelée!

Ma petite Maria, à force de caresses,

espère endormir ma juste sévérité. M. de Beaugencé..... Mais je m'aperçois, Clémence, qu'il regarde par-dessus mon épaule ce que je t'écris; dès lors tu comprends la réserve qui m'est imposée, je n'ose même plus te dire que je suis la plus heureuse des femmes.

NOÉMI.

FIN.

— LILLE. TYP. L. LEFORT. MDCCCLXIV —

à la même librairie :

☞ *En envoyant le prix en un mandat de la poste ou en timbres-poste, on recevra franco à domicile.*

Volumes in-8°

à 2f 50

Le Château de Bois-le-Brun
Laure de Cernan
Les Dorsigny

—

Constantinople
Naples
La Sicile
Souvenirs de voyage. 2 vol.

—

Les Musiciens les plus célèbres
Les Poëtes les plus célèbres

—

Les Prélats les plus illustres
Les Modèles les plus illustres
Mgr Auvergne, archev. d'Icône
Vie du Cardinal Giraud
Le Christianisme au Japon
Histoire de N. S. Jésus-Christ
S. Ambroise. portrait
S. Athanase. portrait
S. Augustin. portrait
S. Basile. portrait
S. Bernard. portrait
S. Cyprien. portrait
S. Ephrem. portrait
S. Grégoire de Nazianze. portr.
S. Jean Chrysostôme. portrait.
S. Jérôme. portrait

à 3 fr. 50.

VIES DES SAINTS

12 volumes.

Nouvelle édition de Butler, augmentée par M. l'abbé Tresvaux, AVEC RÉFLEXIONS POUR CHAQUE JOUR DE L'ANNÉE, PAR M. L'ABBÉ HERBET, AUTEUR DE L'*IMITATION MÉDITÉE*, *entièrement révisée par M. Le Glay, correspondant de l'Institut, etc.*

Le même en 6 beaux vol. grand in-8° à deux colonnes : à 7 fr. le volume.

l'un ou l'autre format

rel. percaline chagrinée. 50 »
— haute tranche dorée. 57 »
— chagr., demi rel., tr. d. 75 »

Ouvrage neuf, en ce sens qu'il se distingue par l'étendue et l'actualité des additions, ainsi que par l'effusion des sentiments de piété. Nul autre de ce genre n'est aussi riche en détails historiques.

—

DICTIONNAIRE HISTORIQUE

des hommes qui se sont fait un nom par leur génie, leurs talents, leurs vertus, leurs erreurs ou leurs crimes, par F.-X. de Feller ; édition revue et continuée jusqu'en mai 1850, sous la direction de M. Charles Weiss, membre de plusieurs académies, et de M. l'abbé Busson ; augmentée d'un *nouveau supplément depuis 1850 jusqu'en juin 1856*, par M. J. Le Glay. 9 vol. grand in-8° à deux colonnes. 56 »
— *Le nouveau supplément* 3 »

Volumes in-12

à 1 fr.

ŒUVRES DE DRIEUDE

Lorenzo
Edmour et Arthur
Les Epreuves de la piété filiale
Dom Léo
Les Solitaires d'Isola-Doma
Rosario

—

Adhémar de Belcastel
Antoine et Joseph
Antoine, ou le Retour au village
Chants historiques. Silvie
Clotilde
Eugénie de Revel
La Famille Lusy
Frédéric
Gilbert et Mathilde
Henri de Farmont
Jules
Le Manuscrit bleu
Le Naufrage
Le Petit Savoyard
Réné
Le Triomphe de la piété filiale
Visnelda
Les Youlofs
Voyages aux Montagnes Roch.

à 85 c.

L'Asie
L'Afrique
L'Amérique
L'Océanie
Le Capitaine Lopez
Cinq Ans de captivité
Histoire de Christophe Colomb
Le Robinson du jeune âge
Les Découvertes les plus célèbres
Les Architectes les plus célèbres
Les Artisans les plus célèbres
Les Guerriers les plus célèbres
Les Magistrats les plus célèbres
Les Médecins les plus célèbres
Les Peintres les plus célèbres
Les Marins les plus célèbres
Les Naufrages les plus célèbres
Bayard
Turenne
D'Aubusson
Les Soldats sanctifiés
Christophe Colomb

à 75 c.

Jean Bart
Villars
Siége de Sébastopol
Souvenirs de l'armée d'Orient
Sœurs de Charité en Orient
Charlemagne
Charles de Blois
Henri IV
Les Vertus militaires
Adrien et Emile
Charles et Félix
Le Dévouement filial
Edouard
Les Dubourg
Péters
Silvio Pellico
Les Soirées de la famille.

à 50 c.

Historiettes et Récits
Les Beaux Exemples
Pierre Vallée
Le Fils du tisserand
Le Vétéran
Arthur Daucourt
Notre-Dame des Roses

Volumes in-18

à 40 c.

SCHMIDT

L'Agneau
Les Carolins et les Kreutzers
La Chartreuse
Clara, suivie d'Angélique
La Corbeille. 2 vol.
La Croix de bois
La Cruche à l'eau
Les Deux Frères
Emma
Eustache. 2 vol.
Fernando. 2 vol.
Les Fraises
Fridolin et Thierri. 3 vol.
Fruits d'une bonne éducation
Geneviève. 2 vol.
Geoffroi, ou le Jeune Ermite
Le Grand Nid
La Guirlande de houblon
Henri d'Eichenfelds
L'Héritage le meilleur
Le Jardin
Josaphat. 2 vol.
Le Melon
Le Miroir
La Nuit de Noël
Les Œufs de Pâques
Le Petit Émigré
La Petite Joueuse de luth
La Petite Muette
Les Pierres fines
Rose de Tannenbourg. 2 vol
Le Rosier, suivi des Cerises
Le Serin, suivi du Ver luisant
Timothée et Philémon

à 60 c.

Amanda de Fitz Owald
L'Ami inconnu
L'Atelier
Le Bon Voisin
Bruno ; imité de l'allemand
La Chapelle d'Einsiedlen
La Charité en action
Les Colons d'Algérie
La Croix d'or
Daniel Rigollot
Les Deux Frères
Le Docteur Morizot
Edmund ; récit du 15e siècle
Fabien
La Famille Christian
La Famille heureuse
La Famille irlandaise
Frère et Sœur
Geneviève la femme charitable
Georges
Gustave
Hélena, ou la Jeune Conseillère
Henri Vanderhove
Histoires et Paraboles
L'Honneur d'un père
Honorine
Ingratitude et Reconnaissance
Isabelle de Nesle
Ivain, ou le Fils du lépreux
Les Joies de la famille
Lucien de Belleroche
Marguerite
L'Ouvroir
La Planche de salut
Le Prisonnier de Russie
Suisse et Italie
Un Maître d'école
Une Famille fr. chez les Iroquois
Variétés instruct. et amusantes

☞ *Voir le Catalogue général.*

www.ingramcontent.com/pod-product-compliance
Ingram Content Group UK Ltd.
Pitfield, Milton Keynes, MK11 3LW, UK
UKHW031853260826
14628UKWH00002B/750